中國語言文字研究輯刊

二七編

第 **7** 冊

《張氏音括》音系研究

姜復寧 著

花木蘭文化事業有限公司

國家圖書館出版品預行編目資料

《張氏音括》音系研究／姜復寧 著 -- 初版 -- 新北市：花木
蘭文化事業有限公司，2024〔民 113〕
目 4+170 面；21×29.7 公分
（中國語言文字研究輯刊 二七編；第 7 冊）
ISBN 978-626-344-833-9（精裝）
1.CST：張氏音括 2.CST：聲韻學
802.08   113009383

中國語言文字研究輯刊
二七編　第七冊　　　　　　　ISBN：978-626-344-833-9

《張氏音括》音系研究

作　　者　姜復寧
總 編 輯　杜潔祥
副總編輯　楊嘉樂
編輯主任　許郁翎
編　　輯　潘玟靜、蔡正宣　美術編輯　陳逸婷
出　　版　花木蘭文化事業有限公司
發 行 人　高小娟
聯絡地址　235 新北市中和區中安街七二號十三樓
　　　　　電話：02-2923-1455／傳真：02-2923-1452
網　　址　http://www.huamulan.tw 信箱 service@huamulans.com
印　　刷　普羅文化出版廣告事業
初　　版　2024 年 9 月
定　　價　二七編 13 冊（精裝）新台幣 42,000 元
版權所有・請勿翻印

《張氏音括》音系研究

姜復寧 著

作者簡介

　　姜復寧，男，漢族，1994 年生，山東肥城人。文學博士，師從張樹錚教授、劉心明教授。現為山東大學儒學高等研究院特別資助類博士後，主要從事漢語音韻學、中國古代語言學文獻研究。

　　教育背景與工作經歷：

　2013.09 ～ 2017.06　山東大學文學院　漢語言文學專業　　本科生
　2017.09 ～ 2020.06　山東大學文學院　漢語言文字學專業　碩士研究生
　2020.09 ～ 2023.06　山東大學文學院　漢語言文字學專業　博士研究生

　　近年來發表文章簡目：

1.《上古漢語新構擬》獻疑一則，《中國語文》2023 年第 2 期；
2.《清詩紀事》刊誤一則，《江海學刊》2021 年第 4 期；
3.《玉燭寶典》所見杜臺卿音系研究，《人文中國學報》第 31 期；
4. 東皋心越琴譜日漢對音的語音特點與音系性質，《勵耘語言學刊》第 36 輯；
5.《玉燭寶典》文獻語言學價值考述，《文獻語言學》第 12 輯；
6.《元史・徐世隆傳》訂補一則，《元史及民族與邊疆研究集刊》第 42 輯；
7. 曹寅《太平樂事・日本燈詞》「倭語」再考，《紅樓夢學刊》2023 年第 3 期。

提　要

　　成書於民國十年（1921）的《張氏音括》是山東濟陽人張文煒編製的等韻學著作。本文對此書的語音資料進行整理，結合其他韻書和現代濟陽方言資料，採用歷史語言學的方法對《張氏音括》進行系統研究。

　　全文共分為九章。

　　第一章，緒論。介紹《張氏音括》的基本情況，包括作者、版本與成書、編纂體例等。介紹研究現狀及研究材料，介紹研究方法，提出研究意義與價值。

　　第二章，《張氏音括》聲母系統。分析《張氏音括》韻圖並參照現代方言和其他明清官話韻書，構擬其聲母系統，並對若干問題進行專題討論。

　　第三章，《張氏音括》韻母系統。分析《張氏音括》韻圖並參照現代方言和其他明清官話韻書，構擬其韻母系統，並對若干問題進行專題討論。

　　第四章，《張氏音括》聲調系統。考察《張氏音括》北音系統的四聲歸派，發現其聲調系統與當時的官話語音十分一致。但列入「南音」的入聲仍存在部分特殊現象，可以看出入聲韻字的文白異讀。

　　第五章，將《張氏音括》與《中原音韻》《韻略匯通》《五方元音》《韻學入門》《七音譜》進行對比，討論從《中原音韻》到《張氏音括》的聲母、韻母、聲調變化的規律與方向。

　　第六章，探討《張氏音括》對前代韻書的繼承與發展。探討《張氏音括》編纂過程中對前代韻書的繼承與參照，同時討論《張氏音括》中出現的與前代韻書不一致的現象具有何種語言學意義。

第七章，《張氏音括》與老國音的比較。探討《張氏音括》與其他代表音系的異同，探討張文煒的「正音」觀念及其在「京國之爭」中的傾向。

第八章，《張氏音括》與現代濟陽方言、歷史上的濟南附近方言的比較。

第九章，《張氏音括》的音系性質。指出《張氏音括》在反映官話方言音系的基礎之上又具有一定的方言特點，是以清末民初北方官話為主體，但又部分帶有濟陽方言色彩的音系。

最後的附錄中列出《張氏音括》同音字表。

中國博士後科學基金第 74 批面上資助
（2023M742102）

目 次

第一章　緒　論

第一節　《張氏音括》概況

一、《張氏音括》的作者、成書與版本

《張氏音括》出版於民國十年（1921），作者張文煒，字彤軒，山東濟陽人。關於張氏的生平，民國二十三年（1934）版《濟陽縣志》、1994 年版《濟陽縣志》、2016 年版《濟陽縣志》均未載。《張氏音括》書前附有張文煒曾任職的江蘇省立第二中學的校長汪家玉所撰序言，對我們瞭解張文煒的生平、《張氏音括》的編纂歷程等頗有幫助，現將其過錄如下：

> 濟陽張彤軒先生，研究等韻之學垂三十年。民國三年，余任省立第二中學校事。越兩載即聘先生授國語一科。先生之意謂學習國語須從辨音入手，而於音韻之道亦可稍窺門徑。遂造三十四音表以授學生，並守溫三十六字母為二十字母，俾初學者反覆誦習，務使之爛熟而後已。又本十二攝造五聲譜，本十六攝造清音四聲譜及清濁音八聲譜，凡一切南音、北音均賅括在內。欲究心音韻者，手此一編，已瞭如指掌。曾見含山張燮承所著《翻切簡可編》，當時已稱精覈，以視先生所編，其嚴謹縝密有過之無不及也。本校不敢自秘，爰編次成帙，名曰《張氏音括》，付諸排印，以廣流傳。吾知從事斯

業者，當無不先睹為快也。民國十年十月，吳縣汪家玉序。〔註1〕

由序言中的記述可知，張文煒於民國五年（1916）起，應汪家玉之聘，任江蘇省立第二中學國語教師。《江蘇省立第二中學校雜誌》第一期「職員簡介」表格中出現了張文煒的相關信息，表載張文煒字彤軒，籍貫山東濟陽，其時任江蘇省立第二中學「各級課外國語教員」，居住在西美巷四十四號。〔註2〕這也可以佐證，編纂《張氏音括》的「濟陽張彤軒」，確實就是濟陽人張文煒。

《張氏音括》一書的編纂也與張文煒在中學的教學活動密切相關。目前所見的《張氏音括》起首「韻目三十四音表」、主體「五聲譜」「清音四聲譜」「清濁音八聲譜」，也都是張文煒執教於江蘇省立第二中學期間所撰作的教學用表，而後才「編次成帙，名曰《張氏音括》」，正式印刷發行。由序文落款「民國十年十月，吳縣汪家玉序」，可斷定書成的下界。綜合上述分析，可以推斷出此書編纂於張文煒任教於江蘇省立第二中學期間，其成書時間不晚於民國十年（1921）。

汪序中稱「濟陽張彤軒先生研究等韻之學垂三十載」。汪氏於民國十九年（1930）出版的《華嚴字母音義》自序中，曾提及張文煒指點他編纂此書的相關史實：

> 余悉心探討，幾及兩月終不得其要領，每一展卷，惛悶無狀。
> 一日適遇濟陽張彤軒先生，述及此事。先生為余十年前舊友，研究
> 韻學已五十餘載。與之一再商榷，並承指示切音方法。窮匝月之力，
> 始將各字音切一一翻出。〔註3〕

這一序言，與汪家玉為《張氏音括》所撰寫的序言相比，在所敘述的張文煒年歲問題上存在值得思索之處：即以張氏初受聘於江蘇省第二中學時（1916年）計，其時與汪書出版的1930年也只不過十四年，然而前序稱張氏「研究等韻之學垂三十載」（將近三十年），過了十四年後應該是「四十餘載」，後序卻稱張氏「研究韻學已五十餘載」，有十年左右的差距。不過，我們毋寧相信後者的說法，因為說張氏研究韻學五十餘載，必定有實際歲數的參照：汪氏說的「一日適遇」肯定是時間不久前的事，當時張氏至少得接近七十多歲或七十

〔註1〕張文煒：《張氏音括》，蘇州：江蘇省立第二中學校友會，1921年版，第1～2頁。
〔註2〕江蘇省立第二中學：《職員簡介》，載《江蘇省立第二中學校雜誌》1917年第1期，第128頁。
〔註3〕汪家玉：《華嚴字母音義》，蘇州：振新書社，民國十九年版，卷首。

歲以上，否則「五十餘載」就無從談起了。如果張氏「研究韻學」自二十歲左右始，至 1930 年當已是七十歲左右。據此推斷，張文煒生年應在 1860 年左右。至於其歿年，則無從考據。

　　此書收入「校友會叢刊」，由江蘇省立第二中學校友會印行。《販書偶記》曾記載此書的版本信息：「《張氏音括》一卷，濟陽張文煒撰，民國十年鉛字排印本。」〔註4〕採用高校古文獻資源庫讀者檢索系統查詢可知該書國內收藏單位共 7 家，分別是北京師範大學圖書館、華東師範大學圖書館、復旦大學圖書館、吉林大學圖書館、內蒙古大學圖書館、中山大學圖書館、山東大學圖書館。核查書志發現，這 7 家收藏單位所藏版本，其出版信息、版本特徵均與《販書偶記》所記載者相同。〔註5〕考慮到此書由校友會排印，帶有某些「同人著作」性質的特點和前人對《張氏音括》的研究較少的史實，可以推測此書在當時便印數較少、流傳頗尠，未再重版，而僅有「校友會叢刊」這一個版本。

　　本文寫作所據《張氏音括》為山東大學蔣震圖書館藏民國十年鉛字排印本，索書號 802.45／311。全書一函一冊，半頁十行，行二十字，小字雙行同。白口，四周單邊，單魚尾。

二、張文煒的音韻學研究情況

　　據前述汪家玉的兩處序言可知，張文煒約生於十九世紀中後期，最初接受和研習的應該是傳統音韻學。《張氏音括》中也提到了對明清等韻學著作和民國初期編著字書都有參閱。依照原書的提及次序，《張氏音括》徵引的書目有勞乃宣《等韻一得》、《國音字典》、潘稼堂《類音》、方以智《切韻本原》、李如真《書文音義便考私編》、戈載《詞林正韻》、章太炎《國故論衡》等，還曾提到「梵音」和牽涉南北方音區別的內容。由此可知張文煒對諸多音韻學著作都有所涉獵，並且對南方方言、梵漢對音有一定的瞭解。

　　張氏還著有《張氏音辨》，其序言中指出：「方今風氣棟通，文化競進，泰西科學發明日新月異。學者迻譯西籍，必精西文，欲精西文，必先辨明中文之讀音。吾為此懼，知國學音韻一門尤為當務之急，探賾索引，自不能不以同音

〔註4〕孫殿起：《販書偶記》，北京：中華書局，1959 年版，第 98 頁。
〔註5〕據高校古文獻資源庫讀者檢索系統，《張氏音括》一書的收藏信息截止時間為 2023 年 9 月 16 日。

同母同韻同等四者為著乎之標準。」〔註6〕可知張文煒編纂《張氏音辨》以幫助時人學習、瞭解漢語語音知識的目的，在於為翻譯西學著作提供助益。此書一帙六卷，今收入《山東文獻集成》。《張氏音辨》一書共分六卷，卷一為總論，卷二至卷五為韻圖，卷六為檢韻總目。此書採用三十六字母、一百零七韻、平上去入四聲，實質上是將《切韻》改編為韻圖形式的今音學著作。

張文煒對「國語運動」也頗具熱忱，曾撰《簡字音括講義》一書，經檢索高校古文獻數據庫、《民國時期總書目》均未見其收藏信息，頗疑今已不傳。黎錦熙《國語運動史綱》稱其為民國七年蘇州省立第二中學石印本，先韻後聲，不標聲調，張鴻魁先生認為此書「或即《張氏音括》之原創本」〔註7〕。但黎錦熙將此書歸入「其字母之採取簡單筆劃者」的國語著作中，稱其「先韻後聲，近於盧氏，不標聲調」〔註8〕，可知《簡字音括講義》與盧戇章《北京切音教科書》相類。《北京切音教科書》設有「官話聲音」21個、「官話字母」42個，是自創字母以標識語音的國語著作。由此可知《簡字音括講義》的「簡字」是自創拼音之意，與《張氏音括》體例不同。且《張氏音括》卷首所載汪家玉序言中也可看出，此書「北音」的創作藍本是「三十四音表」，由《張氏音括》總論部分所載的「韻目三十四音表」「三十四音拼音表」「三十四音開合對音表」「三十四音切音表」等來看，「三十四音表」所採用的是傳統音韻學的形制，並非「其字母之採取簡單筆劃者」。因此稱《簡字音括講義》為《張氏音括》「之原創本」的說法不妥，《簡字音括講義》應為張文煒的另一部著作。

張文煒對「國語運動」的關注，並未僅僅止步於學理層面的探究和教科書的編纂，還曾上書教育部，提出個人見解。《教育公報》1922年第1期載《批張文煒注音韻譜一冊呈請審定並予立案應毋庸議》：

> 呈及注音韻譜一冊閱悉，當將該書交付國語統一籌備會審查。茲據該會復稱「該書現經審查，幹事共同查得該書所注各音，如『過』為『ㄚ』、『佉』為『ㄎㄚ』、『杯』為『ㄅㄨㄟ』、『霏』為『ㄈㄨㄟ』等，都與大部公布的《國音字典》不符，該員意欲以此作為

〔註6〕張文煒：《張氏音辨》，收入韓寓群主編《山東文獻集成》（第三輯），濟南：山東大學出版社，2007年版。

〔註7〕張鴻魁：《明清山東韻書研究》，濟南：齊魯書社，2005年版，第201頁。

〔註8〕黎錦熙：《國語運動史綱》，北京：商務印書館，2011年版，第131頁。

統一標準，正恐適得其反。究應如何批示之處，請覆核定奪」等。

因據此，該書呈請審定並准予立案之處，應毋庸議。原書發還。此

批。〔註9〕

雖然張文煒呈交的「音韻譜」（不知是否為《簡字音括講義》的別名或修訂本）存在一些問題而未被教育部、國語統一籌備會接受，其「意欲以此作為統一標準」的願景也未能實現，但張文煒為「國語運動」付出的心血、對漢語語音規範化事業的熱忱，值得後人予以客觀、中肯的評價。

此外，汪家玉《華嚴字母音義》自序載：「一日適遇濟陽張彤軒先生，述及此事，先生為余十年前舊友，研究韻學已五十餘載，與之一再商榷並承指示切音方法。」《張氏音括》「入聲同用表」後的按語中，張文煒又指出「祴」「革」兩字「均屬異字同音，直轉之中，無從辨其輕重。梵音收入，或別有取義。」張文煒說明漢語音韻學時舉了梵文的實例，而汪家玉在編纂《華嚴字母音義》這一闡釋華嚴字母的著作之時，也曾得到張文煒指點，可見張文煒對悉曇學也有涉獵。

三、《張氏音括》的主要內容與編纂體例

《張氏音括》是一部出於教學和「兼包南北語音」的目的而編纂的、採用傳統韻圖形制的等韻學著作。全書不分卷，書前為總論，探討聲母、韻母和聲調的相關情況以及南北音系的差異。書末張文煒的解說中，提到了他對這些問題的思考：

> 按音有四種。一曰未有韻書以前之字音，為古音。二曰既有韻書以後其反切各字音，為韻音。三曰凡現今各字讀音與韻音不合者，為時音。四曰方言俗語其音無母可指無字可書者，為方音。

> 又按八聲，南音也，譜宗十六攝，其入聲諸字概用旁轉。旁轉之例，出自《廣韻》，故聲類四十足以備古今文字之切音。五聲，北音也，譜宗十二攝，其入聲諸字概用直轉。直轉之例，創自梵音，故悉曇華音字母毗佉囉華言切韻足以齊一切經音之畫一。

《張氏音括》主體部分以圖表的方式反映音系特點，既有北音音系表，也

有南音音系表。但需要注意的是，張文煒編纂此書時，主要目的乃是以「北音」為準，幫助學生學習國語。其中的北音音系表是以張文煒任教期間編纂的「三十四音表」為基礎改編而成，所反映的是教學所用「國語」的語音面貌。

「韻目三十四音表」以主要元音為經，以四呼為緯標明韻目。「三十四音拼音表」則以自創反切為韻目字標音。「三十四音開合對音表」將韻母的開合用兩字組的方式予以對比。「三十四音切音表」則類似於《等韻一得》以零聲母字作反切下字的處理方法，選取零聲母字表現韻母的實際讀音。「韻目」按照開齊合撮的次序排列韻目字，將開口呼稱為第一等，齊齒呼稱為第二等，合口呼稱為第三等，撮口呼稱為第四等，同時將「貲」歸為「等外貼齒」，將「而」歸為「等外捲舌」。同時指出「南音無陽平北音無入聲，蓋南於陽平轉作上聲，北於入聲有變有轉，俱消納於陰陽上去四聲之中」，因而李新魁先生認為此書兼包南北語音。〔註10〕「韻目切音」與「三十四音切音表」採用相同的方式，選取零聲母字，按照四呼的順序表現韻母實際讀音。「入聲同用表」以入聲韻配陰聲韻，主要針對的是存在入聲的「南音」。「音括二十字母」「清音字母歸併表」「濁音字母歸併表」「辨清濁音表」則將「北音」聲母歸併為二十音類，反映了全濁聲母字與清聲母字的混同。「五音舉隅」將聲母按照發音部位與發音方法予以歸納。「方以智二十字母」「李如真二十二字母」將方以智和李如真歸併的聲母系統予以列舉，並根據「北音」特點對其進行修正。「譜內符號凡例」說明書中韻圖編制過程中使用的符號，「凡無母無字而有音者作◆，凡有母有音而無字者作○，凡無濁音而借用清音者或字或○均列旁行。」這種體式與《皇極經世·聲音唱和圖》十分類似，很有可能借鑒了此書的符號系統。「北音四等陰平二十音」是一個聲韻配合表，每韻一表，橫列四呼，縱列聲母，以陰平賅陽上去。「五聲譜」則是聲調配合表，每韻一表。橫列五聲，分陰平、陽平、上聲、去聲、入聲五個聲調，縱列聲母。「南音四等陰平二十音」記錄的是南方的語音特點，與「北音四等陰平二十音」類似，也是以陰平賅陽上去的聲韻配合表。「清音四聲譜」無陽平字，譜中所收的陰平、上聲、去聲、入聲字也不收濁聲母字。考慮到張氏所言「按南音無陽平北音

〔註10〕李新魁：《談幾種兼表南北方音的等韻圖》，載《中山大學學報》1980 年第 3 期，第 103～112 頁。

「無入聲」，此表表現的應當是南方的聲調特點。「八音譜」將平、上、去、入四聲各分陰陽，共成「八音」，考慮到張文煒長期在吳語區生活的事實和吳語方言聲調特點，「八音譜」受到吳語影響的可能性很大。最後的「勘誤表」則對排印中出現的手民之誤予以勘正。（《張氏音括》書影，請參看附圖。）

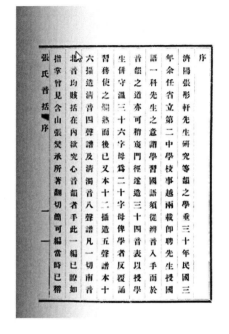

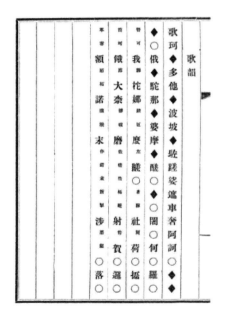

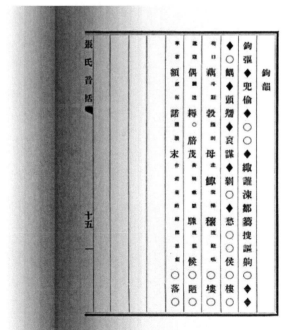

第二節　研究現狀與研究價值

一、研究現狀

（一）明清官話韻書研究現狀

近年來明清官話研究在音韻學研究中愈加為人所重，明清官話韻書作為研究官話的形成過程、明清官話音系性質等問題的第一手材料，出現了一大批相關研究論著。本書並非將諸多明清等韻著作的單獨研究匯為一帙，為研究漢語語音史者提供便利的通論式著作，也非運用較多數量的明清韻書、韻圖材料探討某一方言區內部語音演變規律與方向的專區方音史研究著作，而是僅僅著眼於《張氏音括》這樣一部專書。有鑑於此，我們在這一部分的介紹稍稍簡略一些，只大略列舉明清官話韻書研究的若干「通論」著作或「截斷眾流」式的、從方法論層面探討明清官話韻書研究中需要注意或引起重視之處的論著。至於對專書進行研究的著作、學位論文等，由於此類論著數量眾多，且目前的資料檢索手段已經相當完備、簡便，研究者在確定搜尋目標後找到相應的研究論著並不繁難，故此處不再單獨列舉、概述。

較早關注明清官話韻書搜集、整理與考論的論著，當屬趙蔭堂先生積多年心力撰寫，最終於 1957 年付梓的《等韻源流》。此書並非專講明清等韻的著作，而是上起「六朝至唐宋」（趙氏稱這一階段的主題為「等韻之醞釀」），下迄「明清至現代」（趙氏稱這一階段的主題為「等韻之改革」）。但此書以相當大的篇幅，闡述明清等韻的發展，介紹了近四十種重要的明清韻書、韻圖，考訂了明清等韻中的部分重要術語。尤其值得注意的是，趙蔭堂先生重視發掘明清等韻中的新變，考察其中反映出的與語音歷時演變規律、方向有關的痕跡。同時較早地提出了明清時期韻書、韻圖可大體分為南北兩派的觀點：「《中原音韻》為北音之代表，《洪武正韻》為有明一代的官書而又合乎南音者，於是等韻學家亦形成南北二派。」〔註11〕這對後世學者考論明清等韻的相關問題，頗具啟迪思索之功。

李新魁先生認為漢語從很早以來就在北方話的基礎上形成了一種共同語，這種共同語的標準音從東周開始就是黃河流域中游河、洛一帶的中州語音，並

〔註11〕趙蔭堂，《等韻源流》，北京：商務印書館，1957 年版，第 135 頁。

一直沿流下來。直到元代，漢語共同語的標準音仍是這一「中原之音」，清中葉以後北京語音才提升到漢語共同語標準音的地位。〔註12〕其《漢語等韻學》分上、下兩編，上編解釋等韻學基礎概念、介紹等韻學史，下編「分論」介紹了作者目驗的約一百二十種韻圖的內容，其中涉及到諸多明清韻書、韻圖的情況。〔註13〕李新魁、麥耘兩先生合編的《韻學古籍述要》介紹了五百餘種韻學古籍，其中的「等韻類」收錄「宋元韻圖」「明清『今韻』韻圖」「明清『時音』韻圖」「門法及等韻學理」等類著作，「近代音類」則收錄「通語韻書」「韻書別體」「方言韻書」等類著作，其中都涉及到明清時期的官話韻書，為研究者提供了簡便、準確的資料檢索途徑。〔註14〕

耿振生先生認為近代官話語音具有不規範性和游移性，這也是其有別於現代普通話的主要特點。並不能將明清等韻學中自稱為官話的著作看作「標準音」，因為歷史上的官話並沒有形成一個規範的標準音系，所謂「正音」只是一種抽象的觀念，是理論上的標準音、語音的最高規範，但沒有一定的語音實體和它對應。〔註15〕他指出在清末「國語運動」之前，近代的官話一直沒有形成真正意義上的標準音，且歷史上的官話有基礎音系而無標準音，北方話是其基礎，但又因地域的不同而有不同的變體。〔註16〕

葉寶奎先生在《明清官話音系》中指出明清官話音是歷史的產物，並不代表一時一地之音。這種以傳統讀書音為基礎的官話音與北京音、南京音以及各地方音均是同源異流的關係。清後期官話音與北音、南音之間的差別已經不大，但仍存在差別，官話音仍帶有傳統的成分和因襲的特點。〔註17〕

張玉來先生發現在各種各樣的近代漢語官話韻書音系裏，找不出音系結構完全一致的兩個音系，由此認為近代漢語官話韻書音系不是單一音系的反映，而是由許多不同的複雜成分構成。〔註18〕並進一步指出導致近代漢語官

〔註12〕李新魁：《論近代漢語共同語的標準音》，載《語文研究》1980 年第 1 期，第 44～52 頁。

〔註13〕李新魁：《漢語等韻學》，北京：中華書局，2004 年版。

〔註14〕李新魁、麥耘：《韻學古籍述要》，西安：陝西人民出版社，1993 年版。

〔註15〕耿振生：《明清等韻學通論》，北京：語文出版社，1992 年版，第 117～126 頁。

〔註16〕耿振生：《再談近代官話的「標準音」》，載《古漢語研究》2007 年第 1 期，第 16～22 頁。

〔註17〕葉寶奎：《明清官話音系》，廈門：廈門大學出版社，2001 年版，第 313 頁。

〔註18〕張玉來：《論近代漢語官話韻書音系的複雜性》，載《山東師大學報》1998 年第 1 期，第 90～94 頁。

話韻書音系複雜的原因有強烈的「正音」意識使得韻書創制者在編纂韻書的過程中一方面依照傳統的韻書所表現的音類演化系統，較多地保存古音類的成分，另一方面又在韻書中摻雜大量的官話特徵、缺少明晰的共同語標準音和方音的局限。〔註19〕

陳雪竹《明清北音介音研究》綜合運用《重訂司馬溫公等韻圖經》《李氏音鑒》《音韻逢源》《官話萃珍》《五方元音》等北音韻書，分析了明清北音的介音系統，歸納出明清音韻學者較之前代音韻學家在對介音的認識、音節的劃分等方面的新變。指出明清北音系韻圖四呼的主要框架都十分一致，差異則集中體現在唇音聲母字介音、知系字介音、果攝字介音、精見組合口三等字介音、喉牙音開口二等字介音等幾個方面。並將各韻圖間產生差異的緣由歸納為地區的差異、時間的差異、作者的審音觀念和創作思想的差異，而後排除其中非時音的情況，得出明清時期實際語音中介音系統的情況。〔註20〕

隨著域外漢籍研究的繁盛，對傳教士文獻、日本漢語教科書、朝鮮漢語教科書，以及日漢、朝漢、琉漢、藏漢對音中所反映的明清語音特點的析論也為研究者所重點關注。這些著作雖然是對音材料或漢語教科書，但因其客觀上反映了漢字的音讀，實際上也可被看做是一種特殊的字書。張衛東對《語言自邇集》所反映的北京音系予以關注，考論了當時的北京音系特點，並與老國音、《國語羅馬字拼音法式》《北平音系十三轍》等反映的民國北京音系、今北京方言進行比較，考論了其在北京話史、普通話史上的地位與價值。丁鋒《日漢琉漢對音與明清官話研究》在日漢、琉漢對音研究的方法上多有新見，對《日本館譯語》《琉球館譯語》《使琉球錄·夷語》《琉球入學見聞錄》《琉球譯》《遊歷日本圖經》中所收錄的日漢、琉漢對音材料進行輯考，考察其所反映的漢語語音特點。張昇余《日語語音研究：近世唐音》、謝育新《日本近世唐音：與十八世紀杭州話和南京官話對比研究》對日語唐音所反映的明清之際中國江南地區方言的語音特點進行分析，為南方官話的研究提供了材料。此外，金基石《朝鮮韻書與明清音系》、蔡瑛純《李朝朝漢對音研究》等論著從朝漢對音的角度討論明清官話語音特點，為探討明清時期漢語官話的語音面貌提供了重要的參考。

〔註19〕張玉來：《近代漢語官話韻書音系複雜性成因分析》，載《山東師大學報》1999 年第 1 期，第 77～80 頁。

〔註20〕陳雪竹：《明清北音介音研究》，北京：中國社會科學出版社，2010 年版。

近年來還出現了一批資料匯編式的著作，如張衛東《〈語言自邇集〉：19 世紀中期的北京話》將《語言自邇集》予以整理，納於書中。香港長城文化影印出版《罕見韻書從編》、汪維輝主編《朝鮮時代漢語教科書叢刊》《朝鮮時代漢語教科書叢刊續編》、張美蘭主編《日本明治時期漢語教科書彙刊》、周建設主編「明、清、民國時期珍稀老北京話歷史文獻整理與研究」系列叢書等，為明清官話研究提供了重要的材料基礎。

（二）明清山東韻書研究現狀

明清時期山東地區韻書數量較多，《明清山東韻書研究》共收錄成書於明清時代的山東韻書 81 部。「這裡的『韻書』實際包括四類：1.按韻編排的字典；2.等韻圖表；3.對具體文獻的音韻研究著作；4.對某些字音的研究著作。」〔註21〕因此，此書中所稱的「韻書」，實際上是傳統意義上的韻書、字書和韻圖的統稱，考慮到文獻的散佚以及後人編纂存目類著作時往往難以窮盡性地搜羅一時一地前代著作的客觀事實，明清時期的山東韻書存目還是較多的。

目前見到的對明清時期山東韻書進行研究的專著中，進行整體性全面研究的主要有張鴻魁先生《明清山東韻書研究》和張樹錚先生《清代山東方言語音研究》。《明清山東韻書研究》從作者和版本、編纂宗旨和體例、對前代韻書的繼承與改革、音系結構和擬音等方面對《韻略匯通》《韻略助集》《萬韻書》《韻略新抄便覽》《增補十五音》進行研究，並從地域文化的角度對韻書與山東歷史文化的關係予以考察。書末附有「明清山東韻書存留情況」，提供了八十餘種明清山東韻書書目。《清代山東方言語音研究》運用清代山東方言材料綜合考察清代山東方言的聲韻調狀況，考察清代山東方言中的輕聲和兒化等現象。同時對《萬韻書》《韻略新抄便覽》《等韻簡明指掌圖》《等韻便讀》《七音譜》等清代山東韻書材料進行專書研究，並將清代山東方音與現代方音進行比較，從中觀察其演變規律，全面地勾勒了清代山東方言語音的基本特點。其他對山東方言韻書進行專書研究的著作數量不多，張玉來先生《韻略匯通音系研究》重點考論了明代山東韻書《韻略匯通》的相關問題，對不同版本的《韻略匯通》進行校訂，分析其音系特點，指出《韻略匯通》的音系具有「存雅求正」的特色。而後將《韻略匯通》與其改編的底本《韻略易通》

〔註21〕張鴻魁：《明清山東韻書研究》，濟南：齊魯書社，2005 年版，第 183 頁。

進行比較，考察兩書之間的差異所反映的明代語音變化。書末所附「近代漢語官話入聲問題新探」則對近代漢語官話的入聲進行分析，認為入聲以明代中葉為斷限呈現出兩種不同的樣貌：前期主要是韻尾的區分，以-ʔ尾作為區別性特徵，後期則以調型的差異作為區別性特徵。〔註22〕

對明清山東韻書進行專書研究的學位論文數量較多，如鄒新《〈韻略新抄便覽〉音系研究》對《韻略新抄便覽》的反切進行系聯考訂，歸納整理出其聲韻調系統，對《韻略新抄便覽》與《韻略匯通》進行比較，從中考見兩書的音系差異。而後對《韻略新抄便覽》和《中原音韻》《韻略易通》《韻略匯通》《五方元音》音系，以及現代萊州方言音系進行比較，歸納總結《韻略新抄便覽》的語音性質。〔註23〕于苗苗《〈七音譜〉研究》對《七音譜》的語音系統進行了整理，對此書所反映的清末民國的高密方言語音系統進行梳理。〔註24〕于融《明清山東方音研究——以聲母為例》綜合運用現存的明清山東韻書，一方面從文獻源流的角度，通過梳理 18 部韻書的成書概況、編纂體例，比較其音類異同，從整體上把握明清山東韻書韻書的發展情況，為漢語韻書史提供參考材料。另一方面充分運用現代山東方言材料，梳理近四百年來山東方音的聲母演變軌跡，探討山東方言語音史。此文歸納總結了明清以降的山東方音聲母演變軌跡：1.山東方音中知莊章三組聲母曾發生合流，讀為捲舌音 tʂ、tʂʰ，ʂ。明清山東韻書韻圖中有的正在經歷這一合流過程，有的則已經完成進入下一個演變過程。韻書中知二莊與知三章兩組小韻的對立反映了韻母差別。合流過程中，合口呼速度快於開口呼，合口陽聲韻字快於入聲韻。2.今山東方言中有些地區日母字讀音在明清時期已經形成，有些地區又經歷了一些演變。「日系字」與「兒系字」分離之後走上各自獨立發展的道路。3.尖團音相混是較為晚近的現象，明清方音材料未能充分體現出兩者的合流，這也與今山東方言中很多地區依然尖團不混的現象相符。4.明清時期影母開口一二等字併入疑母，兩者合流產生今山東方言中的ŋ聲母。ŋ聲母進一步演變產生 ɣ 聲母，ʋ 聲母的產生則在影喻疑微合流之後，且至今仍處在變化之中。〔註25〕

〔註22〕張玉來：《韻略匯通音系研究》，濟南：山東教育出版社，1995 年版。
〔註23〕鄒新：《〈韻略新抄便覽〉音系研究》，山東大學博士學位論文，2009 年。
〔註24〕于苗苗：《〈七音譜〉研究》，山東大學碩士學位論文，2014 年。
〔註25〕于融：《明清山東方音研究——以聲母為例》，吉林大學博士學位論文，2018 年。

（三）前人對《張氏音括》的研究

前人對《張氏音括》的研究相對較少。李新魁在《談幾種兼表南北方音的等韻圖》中介紹了此書的語音系統，並對其聲韻進行了擬音。此文認為，《張氏音括》企圖囊括南北語音，很有綜論「南北是非，古今通塞」的含義，書中所述的北音部分已與現代漢語北京音基本一致。李新魁、麥耘《韻學古籍述要》中也介紹了此書，指出與其他「兼表南北語音」的韻書相比，張氏此書的特點是「不企圖在同一表中表現不同方音，而是分開來各自列表，這是他比前人高一籌的地方」。同時也指出了此書的不足，乃是「不過方音只分南北，仍比較含混，比起利用西方音理搞的方言調查來，自然不能同日而語。」〔註26〕

于融在《明清山東方音研究──以聲母為例》中徵引了包括《張氏音括》在內的十六種明清山東韻書作為研究材料。認為《張氏音括》所列的二十聲母和三十四韻類反映了時音特點，分聲調為「陰、陽、上、去、入」則顯示出當時聲調已發生變化。〔註27〕

張鴻魁《明清山東韻書研究》書末附錄的「明清山東韻書存留情況」中將《張氏音括》列入存目，並提及了張文煒的另一部作品《簡字音括講義》，認為此書可能是《張氏音括》的前身。我們認為這樣的觀點存在問題，這是因為黎錦熙《國語運動史綱》將《簡字音括講義》歸入「其字母之採取簡單筆劃者」一類，記載此書為民國七年蘇州省立二中石印本，「先韻後聲，近於盧氏，不標聲調」。〔註28〕「盧氏」指的是盧戇章，其著作採用自創字母以表音的方式，而《張氏音括》卻仿照傳統韻圖，以聲母、韻母代表字和聲調配合的方式表現語音系統。由此可知，《簡字音括講義》與《張氏音括》的體例、要旨都不相同，並非《張氏音括》的前身。前文已經提及，張文煒編制《簡字音括講義》的目的與清末民初的「簡字運動」有關，而《張氏音括》的體例、內容都絲毫沒有體現出來自「國語運動」的新變成分。由此來看，《簡字音括講義》與《張氏音括》雖名中都有「音括」二字，但實際上並非同一著作。

綜上所述，目前對《張氏音括》的研究往往是簡介性、概括性的研究，且

〔註26〕李新魁、麥耘：《韻學古籍述要》，西安：陝西人民出版社，1993 年版，第 316～317 頁。

〔註27〕于融：《明清山東方音研究──以聲母為例》，吉林大學博士學位論文，2018 年，第 44～46 頁。

〔註28〕黎錦熙：《國語運動史綱》，北京：商務印書館，2011 年版，第 131 頁。

多為在較為宏大的研究課題下，徵引《張氏音括》中所記載的語音材料以為佐證，並沒有對其進行本體性研究的作品問世，更沒有將《張氏音括》音系與清末北方官話結合起來以進行比較的研究成果。因此，有必要對《張氏音括》進行系統性的梳理，探討其在官話語音史和清代山東語音發展史中所處的階段與歷史地位，以期為近代漢語官話研究和方言音韻史研究提供材料。

（四）濟陽方言研究現狀

《中國語言地圖集》將濟陽方言劃歸官話大區的冀魯官話滄惠片陽壽小片，《漢語官話方言研究》將其歸為冀魯官話。《山東方言的分區》根據古知莊章三組字今聲母的異同，將山東方言劃分為東西兩區；又根據東西兩區的內部差別，主要是尖團音的區別和果攝一等字今讀的不同，將東區劃分為東萊和東濰兩片。根據古次濁聲母入聲字的今聲調將西區劃分為西齊和西魯兩片，這部分字西齊片今讀去聲，西魯片今讀陰平。此外，西齊、西魯兩片在古疑影母一二等字的今讀、「抓豬莊吹處窗」等字的聲母、「飛肥匪肺」等字的韻母、「坐最蔥孫」等字歸屬合口呼還是撮口呼等方面也存在差異。綜合來看，濟陽方言屬西區的西齊片。〔註29〕劉璐莎對遷居濟陽縣城的曲堤人單字調、曲堤方言及濟陽縣城方言的單字調進行分析，發現遷居人員的單字聲調在起調和收調高低上受遷居地的影響較大。〔註30〕張燕芬、張春華探討濟陽方言語音特點，分析其內部差異，指出濟陽方言中的古精組洪音字聲母今讀、古知莊章組聲母今讀存在地域差異。且濟陽境內漢族居住地有 3 個聲調，回民居住地則有 4 個聲調。〔註31〕

目前未見關於濟陽方言的專著和學位論文，濟陽方言研究的相關內容往往散見於專著的相關章節中。

二、研究價值

《張氏音括》較之其他早就為人所知並加以研究的明清山東韻書，如《韻

〔註29〕錢曾怡、高文達、張志靜：《山東方言的分區》，載《方言》1985 年第 4 期，第 243～256 頁。

〔註30〕劉璐莎：《遷居縣城的曲堤人的單字調聲學實驗研究》，載《第九屆中國語音學學術會議論文集》，2010 年。

〔註31〕張燕芬、張春華：《山東濟陽方言音系及其內部差異》，載《現代語文》2022 年第 3 期，第 11～15 頁。

略匯通》《萬韻書》等，可謂幾近於寂寂無聞，前文對其研究現狀的爬梳佐證了這一點：此書在研究領域並沒有引起人們的高度關注。這與此書及其作者都沒有較大的名氣有關，但《張氏音括》也有著自己的獨到之處。此書反映了清末民初時期北方官話的一些特點，對其進行整理、研究，具有一定的語言學價值。

《張氏音括》的作者張文煒既有著傳統音韻學的學習背景，同時因為其中學國語教師的身份而接觸了語音規範化的思想，因此此書帶有一種「雜糅」色彩。在現代音韻學的晨曦乍現而尚未光被中華大地的時代背景之下，在傳統音韻學薰陶中成長起來的張文煒編寫了一部用來教「國語」兼帶傳播音韻學知識、幫助學生「於音韻之道亦可稍窺門徑」的等韻學著作。因此，《張氏音括》既屬於傳統等韻學的餘緒，又有了新時代的一些影響。從前者來說，我們看到的是漸漸遠去的背影；從後者來說，它又有一些新因素的萌芽。此外，作者在編纂的過程中徵引、參照了一些前人韻書的編排方式、體例特點等。因此將《張氏音括》與其所徵引、參照的韻書進行比較，可以藉以釐清韻書源流，也可以幫助我們瞭解張文煒的音韻學思想，為考察傳統音韻學在民國時期的發展提供個案參考。換言之，《張氏音括》的價值可能就在於它的不新不舊，因為這樣可以為我們提供一個在新舊轉換之際傳統音韻學背著沉重包袱而又努力前行的樣本。從這一角度來看，《張氏音括》中出現的音韻學相關內容及張文煒「新舊交織」的音韻學思想，還可以作為分析特定歷史時期，以張文煒所代表的中下層知識分子的知識結構、學術觀念特點，為勾勒「視角向下」的清末民初知識階層風貌、探討非「精英階層」的漢語音韻學學術研究特點的個案參照。

與此同時，此書的編制目的主要在於「學習國語」，因此正音性是此書所重點關注的問題。對此書所反映的「正音」思想予以關注、探討，可以為考論佔據近代中國知識階層中數量較多的中等知識分子的語言觀念，特別是其語音規範化觀念提供一個樣本。《張氏音括》音系與老國音之間的差異、《張氏音括》音系與當時的其他國語教材之間處理方式的差異，乃至當時的國語教材之間的差異，都可以為探討民國時期的「國語運動」提供參考。這些著作正音思想和觀念的差異，以及它們對「標準音」的選擇，都可以作為現代漢語語音規範化史探討的重要標本予以考量。

此外，張文煒的生活時代，特別是其青少年時代並沒有統一的官話標準，因而此書又不可避免地帶有濟陽方音的部分特點。對《張氏音括》音系與濟陽方音進行比較，尋找兩者之間的關係，進而判斷《張氏音括》的語音性質，可以為清末民初的北方官話語音研究提供參考。

第三節　研究材料與研究方法

一、研究材料

（一）《張氏音括》

明清時期的韻書大都具有雜糅性的特點，是一種所謂的「複合音系」。這種「複合音系」往往「不是一種單純的音系，而包含著從不同的語音系統裏取來的材料，以兼顧不同的方言和古今音為特色。這種方式是中古以來音韻學中的傳統，例如《切韻》音系就不是一時一地之音。這種特色在明清等韻學中尤為顯著，大部分等韻音系在不同程度上具有這種特色。」〔註32〕因此利用此材料時應該考慮到其音系性質，只有確定了此書的音系性質，才能合理取捨材料、選取適當的研究方法，得出符合語音事實的結論。

《張氏音括》是一部為「學習國語」而作的等韻學著作，且是山東濟陽人在屬於吳方言區的江蘇蘇州（江蘇省立第二中學所在地）授課所用，其編寫目的在於教學「國語」，其中的官話色彩是相當濃厚的，李新魁先生認為此書的北音已與現代北京音相當一致。但是《張氏音括》既表北音又表南音，從作者對聲調的處理，特別是為入聲專列兩表的做法可見，此書非常希望構建一個可以「兼論南北是非，古今通塞」的綜合性音系。

《張氏音括》中區分南音、北音。需要注意的是，張文煒編纂此書的目的在於向當時的學生教習「北音」，而其中的「南音」成分乃是他受到傳統韻書編制形制影響，為了保證著作「兼包南北」的形式層面的完整性而編寫的。關於《張氏音括》的「北音」收音數量，張文煒在書中「韻目三十四音表」（相當於全書韻母表）後加按語進行說明，現將其過錄如下，以介紹《張氏音括》之概貌：

〔註32〕耿振生：《明清等韻學通論》，北京：語文出版社，1992 年版，第 126～127 頁。

按表列祓饑孤居四音，勞氏《一得》號為元音之元。觀上所列
拼音便詳，餘音亦皆準。諸等韻十二攝並主於傀、并惶於光，凡得
韻目三十有四，除撮韻每收十七音外，其開齊合口每目各收二十音。
計一二等韻目各十，合收陰平聲四百音，三等目九，收陰平聲一百
八十音，四等目五，收陰平聲八十五音。另外又有貼齒七音、捲舌
一音。故此譜總得陰平清音六百七十三，而北音約占五百一十音，
陽平、上、去三聲數同。入聲清音雖有二百六十，然北於此等音或
轉或變，俱消納在陰、陽、上、去四聲之內。故北音統約有兩千零
四十音。

從張文煒的學習、教學經歷、語言教學思想，以及他在上述按語中只述
「北音」而不算「南音」的做法來看，《張氏音括》的「北音」才是他著力最
深、最能表現其思考的內容。有鑑於此，本文選取北音為主要研究對象，排
除南音的影響。但北音系統中也存在一些干擾因素，主要是受前代韻書影響
而存在的存古成分。書中批評部分詞典編纂者「惟於《廣韻》入聲各韻部分
辨不清，任意雜廁以致近出之《國音字典》據此切音，諸多不合」，可知張氏
書中除了混有方言成分，還混有為了存古而保留的《廣韻》成分。另外，受作
者個人因素影響還夾雜有濟陽方言特點。因此在對其進行研究時，首先應該
剔除其中的變異成分，而後進行下一步的研究。這就要求我們對材料進行合
理取捨，找出包含在複合音系中的北方官話時音系統和夾雜進來的濟陽方言
特點。

（二）其他近代官話韻書

《張氏音括》作為一部官話韻書，較之於其他官話韻書，因其相同的性質
必然存在著共同點。但又不可避免地有著其個性化特質，這與官話韻書所反
映的音系特點有關，官話韻書的音系與任何一個方言點的實際音系都不能完
全符合，是一種「理想音系」。因此在對《張氏音括》予以考察時不可避免地
將會用到其他近代官話韻書材料，如《中原音韻》《韻略匯通》《五方元音》
等。通過比較《張氏音括》與其他官話韻書的音系異同，可以看出近代漢語
官話的語音演變情況。由於這幾部著作都是音韻學研究者頗為熟悉的近代官
話韻書，故此處不再贅述其成書歷程、版本源流等問題。

（三）與《張氏音括》時代相近的其他方言韻書

由上文對《張氏音括》音系性質的討論可知，僅憑此書的內證，實際上是難以對附著在其上的異質性因素進行剝離的。因此，還需要選取其他山東方言韻書為材料，採用歷史串聯法與共時參證法相結合的方式，恢復被遮蔽的時音。選擇方言韻書應特別注意創作者所採用的基礎方言和適用範圍，比如從時間的角度選取韻書，則主要考慮其歷時變化，藉以佐證其官話韻書的重要特徵，如見系細音字不顎化。這種顎化趨勢早在《韻略匯通》中就已經有所體現了，在《張氏音括》中僅僅表現為見開二滋生 i 介音，而未提及見組三四等字的舌面化（當然這也與《張氏音括》的體例有關），實在是難以解釋。但這種歷時變化僅能提供一種思考的線索，卻難以做出準確的判斷。仍以此為例，即使見系細音字不顎化，k、kʰ、x 與 i 介音拼合也是可以找到足夠的現代方言證據的。

目前所知的另一部反映濟陽方音特點，且與《張氏音括》時代相仿的著作是清代徐桂馨所作的《切韻指南》。耿振生《明清等韻學通論》〔註33〕、孫志波《清代山東方言韻書述要》〔註34〕中都對其有所介紹。徐桂馨（1852～1899），字明德，山東濟寧人，嫁至濟陽。其《切韻指南》耿振生認為是改訂樊騰鳳《五方元音》而成的，孫志波則認為是改訂趙培梓《五方元音》的。此書係徐氏過世之後，其子艾紹全在徐氏所著的底本上增補印行的，現存宣統三年（1911 年）翔實館石印本。此書與《張氏音括》時代十分接近，且徐氏及增補者的記載記錄了一些當時濟陽實際方音情況，可以提供一些時音證據。同時徐氏作為女音韻學家，雖屬當時的「知識女性」，但是考慮到當時的社會環境，其交遊也是很少的。與張文煒相比，徐氏的個人方言中存在的所謂「子系統」少得多，最多有兩個方言子系統（濟陽、棗莊），一個官話子系統，一個古今語言的子系統，不用擔心雜糅進甚至難以確證其實際地點的方言音系成分。官話子系統、古今語言子系統可以用與處理《張氏音括》相同的方法予以處理。棗莊子系統的影響需從兩方面加以考慮：一來徐氏嫁到濟陽之後開始創作此書，周圍生活者多為濟陽人，在這種一傅眾咻的環境裏棗莊方言子系統的影響自然會得到削弱；二來棗莊方言帶有明顯的西魯區方言特點，且可以用到的徐氏方音特點僅有寥

〔註33〕耿振生：《明清等韻學通論》，北京：語文出版社，1992 年版，第 201 頁。
〔註34〕孫志波：《清代山東方言韻書述要》，載《漢字文化》2015 年第 1 期，第 26～29 頁。

寥幾條，屆時逐條剖析即可。現將《切韻指南》中出現的可以逆推當時實際語音情況的記載過錄如下，並在文句之後以按語的形式發其遺意、略作申說：

1. 辨平入相似歌：泥來明微日喻，六母入聲似去；見溪曉影端透，幫滂敷，精清心，照穿審，十五母入聲似上平；群定並從澄，匣奉邪禪，九母入聲似下平。

按：這段歌訣為徐氏之子艾紹全所作，附於徐氏《切韻指南》原本之上。這所反映的應為濟陽方音特點。此條所載入聲歸派特點為次濁入聲變去聲、清入變陰平、全濁入聲變陽平，與今濟陽方言一致。

2. 元音檢字不見法：見溪曉影找字不見，再找精清心微即有；來母下找字不見，再找日母即有。

按：此條反映當時濟陽方言中精見組細音已經合流，來母與日母相混，影母與微母相混。今濟陽方言尖團音合流，來母、日母合口呼合流，影母合口呼讀為零聲母。

3. 唇音輕重辨：俗讀微母，與合口疑喻二母相混。

按：此條反映當時濟陽方言微母、疑母合口、喻母合口均讀為零聲母。

《切韻指南》與《張氏音括》時代相似、地域相同，兩者所反映的方音特點是具有一致性的。因此可以通過對兩者的互相比較，分析出《張氏音括》中受「存雅求正」的思想影響和出於國語教學的目的而表現出的不符合其基礎方言的時音特點的異質性因素，並將其剝離。

「韻書是代代相傳的。後世韻書常常是在前代韻書的基礎上編纂而成，或者是增修，或者是簡縮，或者是改並，或者是重編。」〔註35〕通過對《張氏音括》和其他明清山東音韻文獻如《切韻指南》《七音譜》《萬韻書》進行比較，可以看出《張氏音括》與前代韻書的異同。同時將此書置於明清語音研究的大背景下進行比較研究，通過對這些文獻材料的綜合比勘，既可以幫助我們深入瞭解《張氏音括》的音系性質，又可以推測明清時期北方基礎方言的語音演變過程。

（四）老國音及其他國語教材

《張氏音括》的編纂目的在於「授國語一科」，是張文煒出於「學習國語

〔註35〕寧繼福：《古今韻會舉要及相關韻書》，北京：中華書局，1997 年版，第 38 頁。

須從辨音入手」而編寫的教材。因而此書並非以一時一地的方言作為音系基礎的，而是以「國音」為其審音標準。張文煒編制此書的時代，「老國音」被確立為標準音，但江蘇省的部分教員對老國音並不認可，甚至引發了「京國之爭」。張文煒執教地便屬江蘇，因此將《張氏音括》與老國音予以比較，可以看出張文煒的正音觀念，也可作為判斷《張氏音括》音系性質的參考。

此外，國語運動的時間跨度較長，黎錦熙將其分為四個時期，而每個時期的代表人物、代表觀念都不盡相同。張文煒在編纂國語教材時所反映出的正音思想，與其他著作相比當是有同有異。將《張氏音括》與時代上具有連續特徵的其他國語語音教材如盧戇章《北京切音教科書》、王照《官話合聲字母》、趙元任《新國語留聲片課本》進行對比，觀察其間處理方式的異同，也可以藉以探討張文煒的正音觀念。

（五）現代北方方言材料

以上的材料，無論是研究本體《張氏音括》，還是作為參證的其他明清韻書，所能提供的材料都是音類。國語運動時期的語音教材雖然以自創的字母或注音字母標音，並多以拉丁符號標記音值，但諸家對於拉丁符號的使用標準不盡相同，且其審音標準並不一致，也難以作為音值構擬的材料。

高本漢在對中古音音值進行構擬時採用了這樣的研究方法，「我們打算先研究古代韻母、聲調跟韻類的流變，再從現代方言中的聲母、聲調跟韻類回溯的他們在古代漢語時的根源。」〔註36〕這樣的方法對於構擬《張氏音括》的音值也是可以參照的，《張氏音括》的創制目的在於教學國語，其主體部分也是所謂的「北音」，即北方方言。通過對張文煒生平經歷的分析可以看出此書不可避免地受到濟陽方言影響，因此在對《張氏音括》進行擬音的時候我們參考了今北京方言、濟陽方言等現代北方方言材料。

二、研究方法

（一）歷史比較法

《張氏音括》一書為今人所作的以官話音系為基礎的韻書，因而構擬此書

〔註36〕〔瑞典〕高本漢著、趙元任等譯：《中國音韻學研究》，北京：商務印書館，2014 年版，第 238 頁。

的音系不需要採用嚴格的歷史比較法。本書主要以「老國音」材料所記錄的音值、北京方言材料和今濟陽及其鄰近地區如桓臺等地的方言作為構擬音值的材料。同時參考今山東其他地區方言所反映的山東方音音韻史的發展特徵，對一些難以依據文獻內證確定的問題給以解決。通過對老國音音系、北京方言和濟陽及其附近地區現代方言材料進行歷史比較，可以確定音值，勾勒出《張氏音括》音系。

（二）歷史串聯法

前文在論述《張氏音括》的音系性質時，已經提及此書中所包含的與時音相齟齬的異質性因素，這種現象產生的根源在於張文煒音韻學思想中所存在的「存雅求正」觀念。所謂「存雅」就是依據傳統韻書所演化下來的語音系統歸納音類，意在強調共同語的歷史傳承關係，重在對前代韻書音系進行選擇審定，摒棄某一方音的局限，也就是不以某個基礎方言點為標準。所謂「求正」就是依據「規則」的音變來審定音系，重在強調韻書編制者處理音系時對當時共同語的一般特徵進行把握，尋求共同語合乎規則的音變規律，使音系安排符合共同語的類變規則。〔註37〕採用歷史串聯法可以解決這種音韻學思想影響導致《張氏音括》中出現的刻意存古的問題。

「歷史串聯法」由耿振生先生提出，指結合歷史上不同時期的材料來考察等韻音系，往上與中古時代的韻書、韻圖相互對照比較，往下與現代漢語的語音（包括普通話和方言）互相對照比較。〔註38〕這一方法既可以鑒別韻書音類的取材來源，又可以考證古今音的流變。通過將《張氏音括》音系與代表元明時期北音系統的《中原音韻》、記錄明末官話語音的《韻略匯通》、代表17世紀中葉北方官話的《五方元音》的比較，可以看出北方官話語音的變遷。而與代表清中葉濟南附近方言的《韻學入門》的比較，可以梳理清末濟陽一帶的方言特色，看出張文煒「正音」過程中的取捨。此外將《張氏音括》所反映的濟陽方音特點與成書於清末民初，反映山東方言東區語音特點的《七音譜》進行比較，可以看出當時山東方言西區與東區的異同。

對待《張氏音括》這種帶有存雅求正色彩的韻書，「可以先用現代漢語語

〔註37〕張玉來：《韻略易通研究》，天津：天津古籍出版社，1999年版，第7～8頁。
〔註38〕耿振生：《明清等韻學通論》，北京：語文出版社，1992年版，第133～134頁。

音對照韻書音系，其中和現代語音一致的地方，一般來說就是當時的實際音類；不一致的地方可能是近代實際音類，也可能不是實際語言中的音類。」〔註39〕本書在確定《張氏音括》中所反映的濟陽時音時，主要採用這種方法剝離其中的存古因素，進而探討《張氏音括》所反映的濟陽方言影響，以期更為穩妥地探討《張氏音括》音系在歷時、共時層面的雙重複雜因素。

（三）共時參正法

共時參正法是指將一個等韻音系與另外一些時代相同或相近的音韻資料互相比較，從其相關程度來考察音系性質。〔註40〕《張氏音括》作為國語運動期間為「學習國語」所編制的官話韻書，與同時代的其他官話教材創作目的相同，在審音方法和正音觀念上則是各有千秋。將《張氏音括》與其他官話教材進行共時參正性的比較研究，可以對探討張文煒的正音觀念和《張氏音括》的音系性質提供參照。

（四）音理分析法

音理分析法是根據語音學的一般原理和語音演變的普遍規律來分析等韻著作音系的方法。〔註41〕採用這種方法研究書面材料的音系，清儒具有開創之功。清代古音學家中的「審音派」，以等韻為出發點，往往用等韻的理論來證明古音。這種方法「根據音系結構和語音發展規律來研究古音，檢驗文獻材料的考據結果，決斷音類的分合。」〔註42〕在確定《張氏音括》的實際聲類、韻類、調類的數量時，我們採用音理分析法，通過語音發展規律確定其實際情況。

〔註39〕耿振生：《明清等韻學通論》，北京：語文出版社，1992 年版，第 133 頁。

〔註40〕耿振生：《明清等韻學通論》，北京：語文出版社，1992 年版，第 134 頁。

〔註41〕耿振生：《明清等韻學通論》，北京：語文出版社，1992 年版，第 137 頁。

〔註42〕耿振生：《20 世紀漢語音韻學方法論》，北京：北京大學出版社，2004 年版，第 163 ～164 頁。

第二章 《張氏音括》聲母系統

第一節 《張氏音括》聲母系統概說

一、《張氏音括》聲母體系對濁音清化的反映

《張氏音括》針對濁音清化現象，設「濁音字母歸併表」，將中古三十六字母歸併為二十個聲母，取消了中古全濁聲母的獨立地位。又在表後所附按語中，闡述張文煒對濁音清化現象與聲母體系設計之間關係的思考：

> 按等韻三十六字母清濁各半，今清音併知、澈、非於照、穿、敷三母內，故有十五，濁音母十八，除娘、澄、微三母併於泥、床、喻內，故濁音母亦有十五。

> 又按潘稼堂《類音》五十，凡有母之音三十六，無母之音十有四。無母之音盡屬方音。方音之音，無字可舉。陰平聲中如牙舌唇之第三與半舌半齒五音，欲證明其音，非借陽平字轉之不可。陽平聲中如牙舌唇齒齶之首音，欲證明其音非借陰平字轉之不可。

由此來看，《張氏音括》北音系統中，中古的全濁聲母已經全部清化，讀為相應的清聲母。

二、《張氏音括》的零聲母

《張氏音括》開篇「韻目三十四音表」點明:「按表列祴饑孤居四音,勞氏一得號為元音之元。觀上所列拼音,便詳餘音。」而《等韻一得》中所列的「生音之元」為「阿厄伊烏俞」,均為零聲母字。清代的其他韻書中也注意到了零聲母字作反切下字的優越性,例如《音韻闡微》自創反切的下字儘量選擇影喻母的字以減輕反切下字的聲對反切的影響。由此來看,清人已經自覺將對零聲母的認識融入到韻書編制中。《張氏音括》「三十四音拼音表」中的影母所代表的便是零聲母。

三、《張氏音括》聲母體系的整體設計

《張氏音括》中針對知照組聲母的合流和非組聲母的合流現象,設立「清音字母歸併表」,針對泥娘合流、微母變為零聲母和知照組聲母的合流現象,設立「濁音字母歸併表」。再考慮到濁音清化,最終形成了一個二十聲母(不含零聲母)系統,設「音括二十字母」作為聲母代表字,並分別注明了發音部位。現將其歸納如下:

表 1 《張氏音括》聲母系統

發音部位	牙音	舌頭音	重唇音	齒頭音	正齒音	深喉音	淺喉音	輕唇音	半舌音	半齒音
聲母	見溪疑	端透泥	幫滂明	精清心	照穿審	影	曉	敷	來	日

這一聲母系統與《切韻指掌圖》的九音系統十分接近,將兩者進行對比可以發現,在發音部位上《張氏音括》將喉音分為深喉音影和淺喉音曉;「正齒音」由中古知照組合併而來;「今清音並知徹非於照穿敷三母內」,同時點明了輕唇音非母併入敷母。「娘澄微三母並於泥床喻內」,泥娘母合併,而床母又在濁音清化後消失,則實質上舌上音全部併入正齒音中,進而取消了舌上音。又在後面的說明中指出「敷為唇齒兼音,來、日為舌顎兼音,餘皆屬專音」,描寫了敷母、來母和日母的發音特色。

第二節 《張氏音括》聲母系統擬音

由前文對《張氏音括》性質的考察不難看出,作為一部為蒙童學習官話所

作的官話韻書，此書的創作旨趣決定了它的音系性質應為北方官話。因而此處運用反映官話方言的其他韻書、反映時音的方言韻書和現代北方方言材料三者相互對照，對《張氏音括》的聲母系統予以擬音。

1. 脣音的音值

《張氏音括》設重脣音幫、滂、明母和輕脣音敷母，依照其他官話韻書表現和今北方方言材料將其擬作 p、pʰ、m、f。

2. 舌音的音值

《張氏音括》中的舌音僅保留舌頭音端、透、泥一類，「濁音字母歸併表」中將娘母併入泥母。端、透兩母擬作 t、tʰ符合官話韻書的通例，也符合今北方方言特點。《張氏音括》將娘母併入泥母，不予以區分，因此此處將《張氏音括》中洪音、細音的泥母均構擬為 n。

3. 正齒音的音值

字母歸併表中指出中古知母併入照母、徹母併入穿母、床母併入澄母，再考慮到濁音清化，實際上《張氏音括》中的正齒音包括中古的知莊章三類聲母。由歷史來源、現代北方方言材料和其他官話方言韻書的處理方式，我們將《張氏音括》的正齒音照、穿、審構擬為同一組聲母 tʂ、tʂʰ、ʂ。

4. 齒頭音、牙音和曉母的音值

《張氏音括》中的齒頭音包括精、清、心三個聲母，牙音包括見、溪、疑三個聲母。因兩者牽涉到顎化現象，聯繫密切，同時被歸入淺喉音的曉母與見組關係密切，故將齒頭音、牙音和曉母放在一起進行討論。

首先討論齒頭音，需要考慮精組的細音是否已經發生顎化。若想解決這一問題，可以考慮兩種方法：1.看精組、見組的細音字是否相混；2.看是否存在反切上字分組的現象。

《張氏音括》「三十四音拼音表」為三十四個韻母代表字創制了反切，但這些反切並沒有出現上字分組。因此本文從考察精組、見組的細音字入手，看在《張氏音括》中是否出現了精組、見組的細音字混同的現象。若有，則可以證明精、見組的細音已經顎化。

將「北音四等陰平二十音」圖中的齒頭音精、清、心和牙音見、溪、疑母字進行整理，得到以下的字表。字表中的中古音韻地位以《古今字音對照手冊》

音韻地位為準。表中的○符號表示「有母有音而無字者」，◆符號表示「無母無字而有音者」。

表 2 《張氏音括》的齒頭音和牙音

	齒頭音			牙 音		
	精	清	心	見	溪	疑
祓韻	○	○	○	○	○	◆
歌韻	臦精開三	蹉清開一	娑心開一	歌見開一	珂溪開一	◆
鉤韻	緅精開一	謙清合一	涷心開一	鉤見開一	彄溪開一	◆
庚韻	增精開一	敆清開三	僧心開一	庚見開二	坑溪開二	◆
根韻	○	○	○	根見開一	○	◆
迦韻	○	○	○	迦見開二	呿溪開三	◆
該韻	災精開一	猜清開一	腮心開一	該見開一	開溪開一	◆
高韻	糟精開一	操清開一	騷心開一	高見開一	尻溪開一	◆
岡韻	臧精開一	倉清開一	桑心開一	岡見開一	康溪開一	◆
干韻	○	餐清開一	珊心開一	干見開一	看溪開一	◆
饑韻	齊從開四	妻清開四	西心開四	饑見開三	欺溪開三	◆
結韻	嗟精開三	脞清合一	些心開三	○	○	◆
鳩韻	揪精開三	秋清開三	修心開三	鳩見開三	邱溪開三	◆
經韻	精精開三	清清開三	星心開四	經見開四	輕溪開三	◆
巾韻	津精開三	親清開三	新心開三	巾見開三	○	◆
加韻	○	○	○	加見開二	䶗見開二	◆
皆韻	○	○	○	皆見開二	揩溪開二	◆
嬌韻	焦精開三	鍬清開三	蕭心開四	嬌見開三	敲溪開二	◆
薑韻	將精開三	槍清開三	襄心開三	姜見開三	羌溪開三	◆
堅韻	箋精開四	千清開四	先心開四	堅見開四	牽溪開四	◆
孤韻	租精合一	麁清合一	蘇心合一	孤見合一	枯溪合一	◆
鍋韻	侳精合一	莝清合一	莎心合一	鍋見合一	科溪合一	◆
傀韻	峻精合一	崔清合一	㒁心合一	傀見合一	恢溪合一	◆
公韻	葼精合一	蔥清合一	檧心合一	公見合一	空溪合一	◆
昆韻	尊精合一	村清合一	孫心合一	昆見合一	坤溪合一	◆
瓜韻	○	○	○	瓜見合二	誇溪合二	◆
乖韻	○	○	○	乖見合二	峞溪合二	◆
光韻	○	○	○	光見合一	觥溪合一	◆
官韻	鑽精合一	攛清合一	酸心合一	官見合一	寬溪合一	◆

居韻	苴精開三	疽清合三	胥心合三	居見合三	胠溪合三	◆
訣韻	○	○	○	○	駞溪合三	◆
弓韻	蹤精合三	樅清合三	嵩心合三	弓見合三	穹溪合三	◆
君韻	遵精合三	逡清合三	荀心合三	君見合三	囷溪合三	◆
涓韻	鐫精合三	詮清合三	宣心合三	涓見合四	棬溪合三	◆
貲音	資精開三	雌清開三	思心開三			

　　從上面的表格中可以發現，精、見組的細音字沒有出現混同的現象，但是已有中古見開二的字混入《張氏音括》的齊齒呼中，如加韻齊齒呼的代表字「家」，便是中古見母開口二等，也即見開二后已經出現了 i 介音。但這種 i 介音的出現與較之精見組細音發生顎化的時代更早，且見開二向齊齒呼的演化並未全部完成，如迦韻開口呼的代表字「迦」就是見開二的字，卻作為開口呼的韻目字，可見此類演變並未全部完成。當然，這裡還需要注意的一點是，以「迦」作為見系開口呼韻目的代表字，似乎是明清時期許多韻書的共同做法，如《韻法直圖》的韻目代表字中便以「迦」作為開口呼韻的代表之一，《翻切簡可篇》的「開口」韻目「高該鉤歌岡干根庚迦」等，也將見系開口二等字「迦」置於開口位置。因此《汶陽元韻》中這一做法究竟反映的是其所依據的基礎方言中見系開口二等字尚未全部產生 i 介音，還是源於作者編纂時對前代韻書的參考、摹仿？尤其是張文煒對傳統音韻學曾經花大力氣學習、研究，其編纂《張氏音括》時也說明了前代著作的處理方式，這就更讓我們生疑了。

　　此外，受制於韻圖的體例，也難以確定精、見組顎化與否。所以若想確證精見組細音聲母是否發生了顎化需要尋找旁證，一為時代相近、地域相近的方言韻書。二則是現代方言。

　　據《切韻指南》卷後所附「元音檢字不見法」：「見溪曉影找字不見，再找精清心微即有；來母下找字不見，再找日母即有。」孫志波據此認為濟陽方言中見組細音與精組細音已經合流，來母和日母也已經相混，但具體是哪些字相混則不得而知。〔註1〕《張氏音括》中卻有著與此不同的表現：部分韻中精組細音字與見組細音字分立，如饑韻中來自中古見母的「饑」與來自中古從母的「薺」的聲母在現代方言中均為 tɕ，《張氏音括》將其分立，「饑」放在見母位置，「薺」則放在清母位置。但是考慮到現代濟陽方言尖團不分，精、見組細

〔註1〕孫志波：《清代山東方言韻書述要》，載《漢字文化》2015 年第 1 期，第 26～29 頁。

音合流為 tɕ、tɕʰ、ɕ 的事實和時代在《張氏音括》之前的《切韻指南》的表現，我們認為《張氏音括》這樣的處理是作為官話韻書所帶有的「存雅求正」的做法。同時，為教學國語而編寫的《張氏音括》將見系字分立、精系字不分立的處理方式也與老國音中見系字一分為二、精系字保持合一的處理方式相一致。考慮到《張氏音括》全書「存雅求正」的處理方式以及部分韻中精組細音字與見組細音字分立的事實，我們認為張文煒在編纂韻書時刻意將精見組的細音予以區分。但將見開二細音字歸入齊齒呼，提示我們《張氏音括》中古見系字已經分化為 k、kʰ、x 和 tɕ、tɕʰ、ɕ 兩類。

　　綜上所述，我們將《張氏音括》的精、清、心擬作 ts、tsʰ、s，見、溪、曉洪音擬作 k、kʰ、x，細音擬作 tɕ、tɕʰ、ɕ。但值得我們注意的是，實際在當時的北方官話語音和濟陽方言中，見組細音與精組細音已經合流。疑母牽涉到與影母、微母的關係，將於下一節討論。

5. 影母和疑母的音值

　　《張氏音括》中的喉音分為深喉音影和淺喉音曉。前面已結合現代方言，將曉母洪音構擬為 x，細音構擬為 ɕ，而影母和疑母之間的關係較為複雜。我們首先將《張氏音括》中疑母、影母字整理如下，字表中的中古音韻地位以《古今字音對照手冊》音韻地位為準。

表 3 《張氏音括》的影母和疑母字

	疑　母				影　母			
	陰	陽	上	去	陰	陽	上	去
祴韻	敳見開一	○	○	○	掊影開一	○	○	○
歌韻	◆	俄疑開一	我疑開一	餓疑開一	阿影開一	○	閜影開一	侉影開一
鉤韻	◆	齵疑開一	藕疑開一	偶疑開一	謳影開一	○	敺影開一	漚影開一
庚韻	◆	娙疑開二	○	硬疑開二	罌影開二	○	瞥影開二	瀴影開二
根韻	◆	垠疑開三	○	鎧疑開一	恩影開一	○	○	鬝影開一
迦韻	◆	○	○	○	○	○	○	○
該韻	◆	皚疑開一	顗疑開三	艾疑開一	哀影開一	○	欸影開一	藹影開一
高韻	◆	敖疑開一		傲疑開一	鏖影開一	○	襖影開一	奧影開一
岡韻	◆	昂疑開一	馴疑開一	枊疑開一	怏影開一	○	坱影開三	盎影開一
干韻	◆	豻疑開一	○	岸疑開一	安影開一	○	○	按影開一
饑韻	◆	疑疑開三	蟻疑開三	劓疑開三	伊影開三	移以開三	倚影開三	意影開三

結韻	◆	○	○	○	○	爺_{以開三}	野_{以開三}	夜_{以開三}
鳩韻	◆	牛_{疑開三}	○		憂_{影開三}	尤_{云開三}	有_{云開三}	又_{云開三}
經韻	英_{影開三}	凝_{疑開三}	○	凝_{疑開三}		盈_{以開三}	影_{影開三}	映_{影開三}
巾韻	◆	銀_{疑開三}		垽_{疑開三}	因_{影開三}	寅_{以開三}	隱_{影開三}	印_{影開三}
加韻	◆	牙_{疑開二}	雅_{疑開二}	迓_{疑開二}	鴉_{影開二}	○	啞_{影開二}	亞_{影開二}
皆韻	◆	崖_{疑開二}	騃_{疑開二}	睚_{疑開二}	挨_{影開二}		矮_{影開二}	隘_{影開二}
嬌韻	◆	堯_{疑開四}	磽_{疑開二}	顤_{疑開四}	麼_{影開四}	遙_{以開三}	杳_{影開四}	要_{影開三}
薑韻	◆	卬_{疑開三}	仰_{疑開三}	軮_{疑開三}	央_{影開三}	陽_{以開三}	養_{以開三}	漾_{以開三}
堅韻	◆	妍_{疑開四}	齴_{疑開四}	硯_{疑開四}	煙_{影開四}	延_{以開三}	蝘_{影開三}	宴_{影開四}
孤韻	兀_{疑合一}	吾_{疑合一}	五_{疑合一}	誤_{疑合一}	烏_{影合一}	無_{微合三}	武_{微合三}	務_{微合三}
鍋韻	◆	訛_{疑合一}	捰_{影合二}	臥_{疑合一}	窩_{影合一}	○	媒_{影合一}	涴_{影合一}
傀韻	◆	寬_{疑合一}	隗_{疑合一}	外_{疑合一}	威_{影合三}	微_{微合三}	尾_{微合三}	未_{微合三}
公韻	◆		○	○	翁_{影合一}	○	翁_{影合一}	甕_{影合一}
昆韻	◆	僤_{疑合一}	○		溫_{影合一}	文_{微合三}	吻_{微合三}	問_{微合三}
瓜韻	◆		瓦_{疑合二}	瓦_{疑合二}	窊_{影合二}	○	○	
乖韻	◆	○	○	○	歪_{影合二}	○	○	○
光韻	◆	○	○	○	汪_{影合一}	亡_{微合三}	罔_{微合三}	望_{微合三}
官韻	◆	岏_{疑合一}	○	玩_{疑合一}	剜_{影合一}	横_{微合三}	晚_{微合三}	萬_{微合三}
居韻	◆	魚_{疑合三}	語_{疑合三}	御_{疑合三}	於_{影合三}	於_{云合三}	庾_{以合三}	飫_{影開三}
訣韻	◆	○	○	○		○	○	○
弓韻	◆	顒_{疑合三}	○	○	雍_{影合三}	容_{以合三}	擁_{影合三}	甕_{影合三}
君韻	◆	○	○	○	贇_{影合三}	筠_{云合三}	蘊_{影合三}	醖_{影合三}
涓韻	◆	元_{疑合三}	阮_{疑合三}	願_{疑合三}	淵_{影合四}	員_{云合三}	兗_{以合三}	鋗_{曉合四}

由上表中可以看出，部分中古影母字和疑母字發生了混同，例如捰_{影開二}、英_{影開三}歸為疑母，藥_{疑開二}歸為影母。由《張氏音括》中「微母在北音並喻為深喉音之陽平聲，此位應作影字」，而又不為喻、微母設立代表字，參照今北方方言材料，將影母擬為零聲母。《張氏音括》區分影母和疑母，且與之時代相近的老國音中也保留有疑母，說明疑母與零聲母之間仍未完全混同，因而將疑母擬作ŋ。

6. 來母和日母的音值

今北方方言中絕大多數方言點來母字聲母讀 l，而來母音值具有穩定性，從中古至今都未發生變化。據此可將《張氏音括》中的來母構擬為 l。

今濟陽方言中日母開口字讀 z̩，合口字讀 l。而《張氏音括》的日母字表

現則與之不同，日母合口呼字如「辱」、「汝」等，其聲母被歸為日母，並未與來母字相混。現代北方方言中中古日母字實際上已經分為兩類：一類是「兒系字」，即古止攝日母字，今普通話讀 ɚ，另一類則是「日系字」，即中古止攝之外的日母字，今普通話讀 ʐ 聲母。《張氏音括》中「兒系字」共三個：而、耳、二，且這三個字重出於饑韻和而音中。在今濟南方言中，這三個字今讀為零聲母。如果在當時的實際讀音中這三個字已經變為零聲母，則其主要元音應為 ɚ，不會與饑韻發生關聯。漢語北方話 ɚ 音值的正式產生，在距今五個世紀以前的明朝早期。它是從金元時代的 ɲ 音值蛻變出來的。〔註 2〕唐作藩先生認為這類字在元代已變讀為 ʐ̩，猶如現代普通話「日」字的讀音。「兒系字」音由 ʐ̩ 變讀為 ɚ，是由於捲舌聲母 ʐ 和捲舌韻母 ɻ 發音近似，互相影響，聲母 ʐ 的輔音性質弱化與韻母 ɻ 結合，元音變成混元音 ə 帶一個捲舌尾音 ɻ（或作 r）。如果用這樣的觀點來看日母字的變化，讀為 ʐ 應該是更為古老的表現。《五方元音》中的材料也可以佐證日母字讀 ʐ̩ 早於讀 l，因為「二而耳兒餌爾鉺」等字在《五方元音》中也歸於日母〔註 3〕。但這些字在今濟南方言中也已讀為零聲母，由此來看這些字讀類似於 ʐ 的狀態早於讀零聲母的狀態。那麼《切韻指南》中「來母下找字不見，再找日母即有」應當理解為本讀日母 ʐ̩ 的字在方言中被讀為了來母 l，導致人們受方音之誤，誤將日母字當做來母字。《張氏音括》中的部分「日系字」，如「辱」、「汝」等，雖然為合口字，但放在了日母字的行列裏，也可以說明在《張氏音括》中因開合口的區別而發生分化的日母字少於今天所看到的發生分化的日母字數量。綜合來看，我們將《張氏音括》中的日母字聲母構擬為 ʐ。

7.《張氏音括》聲母系統總結

綜合上面的分析，將《張氏音括》聲母代表字的發音部位，分化條件、擬音情況列表如下。

表 4 《張氏音括》聲母系統擬音

發音部位	《張氏音括》字母	分化條件	擬　音	例　字
重唇音	幫、滂、明		p、pʰ、m	波、坡、摩

〔註 2〕李思敬：《漢語「兒」〔ɚ〕音史研究》，北京：商務印書館，1984 年版，第 42 頁。
〔註 3〕李清桓：《〈五方元音〉音系研究》，武漢：武漢大學出版社，2008 年版，第 49 頁。

清唇音	敷		f	浮
舌頭音	端、透、泥		t、tʰ、n	多、他、那
齒頭音	精、清、心		ts、tsʰ、s	胝、蹉、娑
正齒音	照、穿、審		tʂ、tʂʰ、ʂ	遮、車、奢
牙音	見、溪	洪音	k、kʰ	歌、珂
		細音	tɕ、tɕʰ	鳩、丘
	疑		ŋ	餓
淺喉音	曉	洪音	x	賀
		細音	ɕ	侯
深喉音	影		Ø	阿
半舌音	來		l	羅
半齒音	日		ʐ	日

將以上的聲母系統與三十六字母相比，我們可以看出《張氏音括》的聲母系統具有以下特點：

1. 全濁聲母消失。中古全濁聲母發生清化，其中全濁塞音、塞擦音按照「平聲送氣，仄聲不送氣」的規律演變為相應的清聲母。

2. 非、敷、奉合流為 f。

3. 知莊章三組聲母合流，日母變為捲舌音，捲舌聲母形成。

4. 中古疑母字讀 ŋ 聲母。

5. 中古影母合口字、喻、微母演變為零聲母，日母止攝三等字變為零聲母。

第三章 《張氏音括》韻母系統

第一節 《張氏音括》韻母系統概說

一、《張氏音括》的實際韻母數量

　　《張氏音括》設「韻目三十四音表」，以主要元音和韻尾的配合情況為經，以四呼為緯概括了韻母系統，將韻母分為三十四韻。但在「韻目」中除了三十四韻外，又設立了「等外貼齒」和「等外捲舌」兩類，轄「貲」「而」兩韻。由此可見張氏未將舌尖元音和捲舌元音納入其韻母體系中，而是將其歸為「等外」。

　　「韻目三十四音表」後面的按語也可以印證這一觀點。按語中在討論音節數量時提到「另外又有貼齒七音，捲舌一音」，而在此之前所討論的是開齊合撮四等分別與聲母拼合所得音節的數量問題。由此可知，張氏確實未將「貲」「而」兩韻納入其韻母系統，這可能與「貲」「而」難以歸入四呼有關。在對書面音系進行研究時，考慮到研究目的是尋找方言韻書中反映出的語音系統，這就應該盡量細緻地描述各音位之間的區別性特徵。與此同時，對於可以採用音位歸納法予以歸併，但在書面文獻上確實可以找到確鑿證據指明兩者之間語音區別的兩類音，應當從分不從合，這可以更好地表現語音區別。有鑑於此，本文在統計《張氏音括》的實際韻母數量時，不將舌尖元音與舌面元

音歸併，同時將捲舌元音單列。則《張氏音括》的實際韻母數量應為三十七個。

二、《張氏音括》的四呼與介音

在《張氏音括》「韻目」中，開口呼被稱為「第一等開」，轄「祴歌鉤庚根迦該高岡干」十韻；齊齒呼被稱為「第二等齊」，轄「饑結鳩經巾加皆嬌姜堅」十韻；合口呼被稱為「第三等合」，轄「孤鍋傀公昆乖光官」九韻；撮口呼被稱為「第四等撮」，轄「居訣弓君涓」五韻。由此來看《張氏音括》中的四呼已與現代漢語的四呼大體一致，以介音作為區別四呼依據。此處值得關注的問題是撮口呼介音的性質。

趙蔭棠先生認為《中原音韻》時代已有四呼之別，但此時的撮口呼與現代意義上的撮口呼存在區別：「撮唇之例字為烏姑乎枯，卻係今日之合口，與含有元音或介音 y 之撮口不同。」〔註1〕王力先生將《中原音韻》撮口呼的介音採用複合介音 iu- 的形式予以表示。唐作藩先生認為 y 音的產生才標誌四呼的產生，十五世紀的《韻略易通》將《中原音韻》的魚模部析為居魚和呼模二部，表明居魚的韻母已不是《中原音韻》那樣讀 iu，而已演變為 y 了。《等韻圖經》《類音》中的四呼相配也反映出撮口呼的最終形成當在《中原音韻》時代之後。〔註2〕但《韻略易通》《等韻圖經》《類音》所反映的都不是山東方言現象，若想確定山東方言，特別是山東方言西區中四呼的最終形成時代，需要從地域文獻中尋找材料。張鴻魁先生對《金瓶梅》中的近體詩、詞曲、文謠等韻文進行押韻研究，發現魚模韻與齊微韻、支思韻通押的古三等字數量較多，而魚模韻古三等字與一等字通押的例子卻極少。因此認為《金瓶梅》時代，魚模韻中的古三等字，韻母已經讀成了 y。同時與現代音相比，當地的 y 韻母字很多，除了喉牙音、泥來母、精組聲母字跟現代一樣是 y 聲母外，還包括現代讀 u 聲母的知組、章組和日母字。〔註3〕《金瓶梅》的時代遠早於《張氏音括》，早在《金瓶梅》時代 y 介音就已經產生，《張氏音括》中的撮口呼介音不可能是複合介音形式，也應該定為 y。同時值得注意的是，《金瓶梅》中所反映出的現代讀 u

---

〔註1〕趙蔭棠：《中原音韻研究》，上海：商務印書館，1936 年版，第 110 頁。

〔註2〕唐作藩：《中原音韻的開合口》，載《中原音韻新論》，北京：北京大學出版社，1989 年版，第 174～175 頁。

〔註3〕張鴻魁：《金瓶梅語音研究》，濟南：齊魯書社，1996 年版，第 175～177 頁。

聲母的知組、章組和日母字在時音中讀為 y 介音的現象，《張氏音括》亦是如此。如撮口呼君韻下有「遵、諄、春、唇、純、辱」等例字，可以發現當時撮口呼的範圍比今天撮口呼的範圍要大。但由語音發展來看，《張氏音括》中存在這種音，仍然令人頗生疑竇：《拙庵韻悟》中「除、輸、住、處、朱」等與「胡、枯、吾」都歸入「姑」韻，據此可以推知在康熙年間華北一帶知莊章聲母拼合魚虞韻時就已經完成了由 y 到 u 的演變。〔註4〕今濟陽方言中這部分字也讀為合口呼，《張氏音括》卻將其歸入撮口呼，但並未說明其歸字依據。

　　現將《張氏音括》「韻目」中的等呼情況整理如下。

表5　《張氏音括》等呼概況

《張氏音括》等呼	介音	韻　目	中古來源
第一等開	無	祴歌鉤庚根迦該高岡干	一、二等開口呼
第二等齊	i	饑結鳩經巾加皆嬌薑堅	三、四等開口呼、見開二
第三等合	u	孤鍋傀公昆乖光官	一、二等合口呼
第四等撮	y	居訣弓君涓	三、四等合口呼

三、《張氏音括》的聲韻拼合關係

　　與現代方言相比，《張氏音括》所反映的聲韻拼合關係具有一些不同的特點。張樹錚先生曾根據對《日用俗字》《萬韻書》《韻略新抄便覽》等材料的考察，歸納總結出清代山東方言聲韻拼合中，某些聲母後的韻母介音與現代不同的表現：

　　1. 部分材料中的知三章組字拼合細音齊齒呼或撮口呼；

　　2. 清代山東方言資料中，除「兒系字」外的日母字（所謂「兒系字」，指的是止攝開口三等日母字，如「兒爾二」等）均拼細音；

　　3. 清代的山東方言韻書、韻圖中，唇音都可以拼合口呼。並指出其具體表現是某些聲母後的韻母介音與現代不同。

　　這些特點主要表現在韻母方面，因此，張先生將它們歸入清代山東方言的韻母特點予以研究。〔註5〕《張氏音括》中的聲韻拼合關係與此類似，也是更多地表現在介音上，因此我們此處也將這些問題歸入韻母特點予以考察。

〔註4〕周賽華：《合併字學篇韻便覽研究》，武漢：湖北人民出版社，2005 年版，第 47 頁。
〔註5〕張樹錚：《清代山東方言語音研究》，濟南：山東大學出版社，2005 年版，第 54 頁。

1. 知莊章聲母後的細音

《張氏音括》中，中古知莊章組字（《張氏音括》中知莊章組合併為照、穿、審三個聲母）不能拼合齊齒呼，但可以與撮口呼相拼合，這也使得《張氏音括》中撮口呼的範圍大於今北京話撮口呼的範圍。現將其中今音不讀撮口呼，而《張氏音括》中歸入撮口呼的例字整理如下：

表6 《張氏音括》撮口呼例字

	照				穿				審				日			
	陰	陽	上	去	陰	陽	上	去	陰	陽	上	去	陰	陽	上	去
居韻	諸	◆	煮	箸	初	鋤	處	處	書	蜍	暑	恕	◆	如	汝	茹
訣韻	○	◆	○	○	○	○	○	○	○	○	○	○	◆	○	○	爇
弓韻	終	◆	腫	重	充	重	寵	銃	春	鱅	𪒠	○	◆	戎	冗	毳
君韻	諄	◆	準	稕	春	脣	蠢	○	○	純	睔	舜	◆	犉	蜳	閏
涓韻	專	◆	轉	剸	穿	遄	喘	釧	栓	船	腨	𢱬	◆	堧	輭	睓

在今北京話中，上表中的例字均已變為合口呼，老國音中這部分字也被列入到合口呼中。可見這應是濟陽方言影響的結果，當時知莊章聲母後細音的分布範圍大於現代讀音情況，且這種變化是在近百年內完成的。

2. 日母後的韻母

張樹錚先生探討山東方言中的日母字時指出，在現代北方方言中，古日母字實際上已經分化為兩個系列：其一為止開三的日母字，如兒、爾、二等，即所謂「兒系字」。另一類則是止攝以外各攝日母字，即所謂「日系字」。[註6]今濟南方言中，「兒系字」讀零聲母，韻母是捲舌的 ər，讀音跟北京話相同。「日系字」則按照韻母開口呼和合口呼的不同，分別讀 ʐ、l 兩聲母。[註7]在今北京方言中，「日系字」則均讀 ʐ 聲母。這樣來看，「兒系字」「日系字」無論是在北京音還是濟陽方言中都屬洪音。但在《張氏音括》中，日母除了拼合洪音外，還可以拼合細音的齊齒呼、撮口呼。如「日」字被歸入齊齒呼饑韻，「辱、閏」等字則被歸為撮口呼君韻，且日母拼合洪音的情況僅見於合口呼傀韻「蕤、蕊、柄」三字。

另外一個值得注意的現象是《張氏音括》中「日系字」的重出現象：「二、

〔註6〕張樹錚：《方言歷史探索》，呼和浩特：內蒙古人民出版社，1997年版，第109頁。
〔註7〕錢曾怡：《山東方言研究》，濟南：齊魯書社，2001年版，第55～56頁。

耳、而」三字既被歸入「等外捲舌」韻母「而音」，又重出於齊齒呼饑韻。

3. 唇音聲母後的開合口情況

唇音聲母在今北京及山東方言中除了拼 u 韻母之外，都只拼開口呼或齊齒呼韻母。但清代山東方言中，唇音聲母較多地拼合口。〔註8〕《張氏音括》「三十四音開合對音表」將三十四韻按照開齊合撮的區別分組，其中的合口呼可以與唇音相拼合。但是在「五聲譜」的最末又有這樣的說明：「按幫滂明重唇三攝北轉為一等開口音，唯孤公二韻則不變此列」，可見當時的官話方言中與唇音相拼合的合口韻已經轉變為開口韻。但在《張氏音括》中張文煒仍然將其視作合口予以處理。現以開口呼為韻類標記，將各韻中唇音字的拼合表現整理如下（＋表示可以相拼，—表示不相拼，空位表示該韻無此呼韻母。其中傀韻僅有合口呼，則以合口呼為韻類標記）：

表 7 《張氏音括》的唇音字拼合情況

	開口呼	齊齒呼	合口呼	撮口呼
祓	p，pʰ，m	p，pʰ，m	＋	—
歌	p，pʰ，m	m	—	—
傀			＋	
鉤	pʰ，m	＋	pʰ，m，f	
庚	p，pʰ，m	p，pʰ，m	pʰ，m，f	—
根	p，pʰ，m	p，pʰ，m	f	—
迦	p，pʰ，m	—	f	
該	pʰ，m		—	
高	p，pʰ，m	p，pʰ，m		
岡	p，pʰ，m	—	f	
干	p，pʰ，m	p，pʰ，m	f	—

由上表可以看出，在當時的「北音」中，唇音是可以拼合口呼的。中古到近代漢語的語音演變過程中，唇音字的開合口問題一直存在爭議。李榮先生認為「開合韻開合的對立限於非唇音聲母，對於唇音聲母講，開合韻也是獨韻，即唇音字沒有開合的對立」。〔註9〕但是在《中原音韻》中歌戈韻卻有著開合的

〔註8〕張樹錚：《清代山東方言語音研究》，濟南：山東大學出版社，2005 年版，第 54 頁。
〔註9〕李榮：《切韻音系》，北京：科學出版社，1956 年版，第 134 頁。

對立，在歌戈韻「入聲作平聲」欄裏有「薄」和「跋」兩個小韻同聲重出。邵榮芬先生通過對《中州音韻》的考察和《中原音韻》中內證的尋找認為這一對立是不可靠的，也即《中原音韻》不分開合。因為《切韻》的唇音一律不分開合，《中原音韻》的唇音既然開合不對立，那麼從來源考慮則將其一律置開或一律置合都可以。再考慮到《中原音韻》音與現代普通話的關係，若將其置於合口則會有不合理的現象發生，因此將《中原音韻》中所收的唇音字一律置於開口位置。〔註10〕寧繼福先生在構擬《中原音韻》中江陽等十個區分開合口的韻部音值時，為它們的唇音字構擬了 u 介音。楊劍橋先生認為「《中原音韻》齊微、真文和歌戈三個韻部的唇音字帶有 u 介音，應該列入合口一類中，而江陽、皆來、寒山、先天、家麻、車遮六個韻部的唇音字不帶 u 介音，應該歸入開口一類中。」〔註11〕鹽田憲幸在考察清代後期的官話音時，通過對《正音撮要》和《正音咀華》的比較發現，《正音撮要》中唇音聲母拼合口呼，而《正音咀華》則將此類字列為開口呼。然而從唇音字的實際情況來看，兩者的這一差別並不意味著韻母的實際差異。〔註12〕

　　將《張氏音括》與明清時期其他山東等韻文獻中的唇音字進行比較，討論其開合口問題，可以更好地理解明清時期山東方言中唇音字開合口的演變。本文通過《張氏音括》與畢拱辰《韻略匯通》、劉振統《萬韻書》、周雲熾《韻略新抄便覽》、張祥晉《七音譜》的比較，考察清代山東方言中唇音字的開合口情況。其中《萬韻書》和《韻略新抄便覽》擬音據張樹錚先生《清代山東方言語音研究》，《韻略匯通》擬音據張鴻魁先生《明清山東韻書研究》，《七音譜》據于苗苗《〈七音譜〉研究》。

表 8 《張氏音括》與其他明清山東韻書的唇音字

例 字	張氏音括	韻略匯通	萬韻書	韻略新抄便覽	七音譜
巴	a	a	a	ia	a
葩	a	a			a
麻	a	a	a	ia	a

〔註10〕邵榮芬：《〈中原音韻〉音系的幾個問題》，載《中原音韻新論》，北京：北京大學出版社，1989 年版，第 156～158 頁。
〔註11〕楊劍橋：《漢語現代音韻學》，上海：復旦大學出版社，2012 年版，第 175 頁。
〔註12〕鹽田憲幸：《清代後期の官話音》，載高田時雄主編《中國語史の資料と方法》，京都：京都大學人文科學研究所，1994 年版，第 392～393 頁。

波	o	o	uo	uo	uo
坡	o	o	uo	uo	uo
摩	o	o	uo	uo	uo
排	ai	ai	ai	iai	ε
埋	ai	ai	ai	iai	ε
杯	uei	ei	ei	uei	
裴	uei		ei		ei
梅	uei	ei	ei	uei	ei
肥	uei		ei		ei
般	an	an	uan	uan	an
潘	an	an	uan	uan	an
瞞	an	an	uan	uan	an
奔	en	en	ən		en
盆	en	en	ən	ən	en
門	en	en	ən	ən	en
幫	ang	ioŋ	uaŋ	ɑŋ	ɑŋ
滂	ang	ioŋ	uaŋ	ɑŋ	
忙	ang	ioŋ	uaŋ	ɑŋ	ɑŋ
崩	eng		uəŋ	əŋ	əŋ
朋	eng	ieŋ	uəŋ		əŋ
蒙	eng		uəŋ	uəŋ	əŋ

　　雖然不同的研究者在音值的構擬上可能存在不同的處理方式，但就韻書本身所反映出的音類著眼，還是可以看出上述幾種清代山東方言韻書在唇音字開合口處理上所呈現出的複雜表現。同一個韻部唇音字的處理在不同的文獻中各不相同，如「波、坡」，《韻略匯通》為開口，《萬韻書》《韻略新抄便覽》為合口。在其他的材料中還有更為特殊的表現：《等韻簡明指掌圖》同一韻中，唇音開口與合口有對立。如「岡攝」開口正韻（開口呼）有「邦榜謗」，合口正韻（合口呼）有「梆綁傍」，但這種現象很難得到現代方言的支持。〔註13〕

　　明清時期唇音字在開合口方面的歧異表現可以由合口介音 u 的歷時來源予以解釋。李方桂先生認為「合口介音多半是受唇音及圓唇舌根音聲母的影響而

〔註13〕張樹錚：《清代山東方言語音研究》，濟南：山東大學出版社，2005年版，第56頁。

起的，唇音的開合口字在切韻時期已不能分辨清楚。」〔註14〕楊耐思先生通過對《中原音韻》《古今韻會舉要》和《蒙古字韻》開合口差異的比較，考察了近代漢語語音史上開合口的轉化，發現少數唇音字具有開口轉合口的轉化。〔註15〕張樹錚先生認為這種歧異產生的原因「由於處在唇音後合口韻母向開口轉化的過程之中，或者是由於讀書音和口語音有些差異，因而表現在韻書、韻圖上有些參差，這也是很正常的。」〔註16〕潘悟雲先生曾經指出「中古唇音後面的合口成分實際上是一種過渡音」〔註17〕，那麼這種過渡成分本身就帶有模糊性，而清代唇音後的開合口正處在轉化之中，更加深了其模糊不定的色彩。因此從整個清代後期官話語音整體來看，此處「±u」其實是一種自由變體，並不具備辨義作用。具體到不同韻書中，則因為其基礎方言的差異而表現出不同的處理方式。《張氏音括》中唇音拼合口的處理方式，應當是讀書音系統的特點，而張文煒出於「正音」的目的將其列入韻書中。

4. 蟹止攝來母字的開合口

蟹止攝來母字在《張氏音括》中讀為合口，如「羸壘累」等字被歸入合口呼傀韻，這與老國音和今濟陽方言的讀法都是一致的，如老國音中此字有 u 介音，今濟陽方言中也將「雷累」等字讀為 luei。此外，今山東方言較多的方言點中，也都存在著蟹止攝來母字增生 u 介音的現象。綜合來看，我們認為《張氏音括》將蟹止攝來母字歸入合口呼的做法有其實際語音基礎。

四、入聲韻的消失與歸派

《張氏音括》「入聲同用表」以入聲兼配陰聲韻和陽聲韻，李新魁先生認為這主要反映的是南音的特點。表示北音特點的「五聲譜」中也列有入聲，但這種「入聲」並不是語音中的實際表現，而是作者刻意存古的產物。「韻母三十四音表」中「入聲清音雖有二百六十，然北於此等音或轉或變，俱消納在陰陽上去四聲之內」，此處所記的是清入字派入四聲的情況。這種情況出現的年代晚於全濁入和次濁入的演變，可見當時的入聲分化已經完全結束，也即《張氏音括》

〔註14〕 李方桂：《上古音研究》，北京：商務印書館，1980 年版，第 17 頁。

〔註15〕 楊耐思：《論元代漢語的開、合口》，載《近代漢語音論》（增補本），北京：商務印書館，2012 年版，第 190～194 頁。

〔註16〕 張樹錚：《清代山東方言語音研究》，濟南：山東大學出版社，2005 年版，第 57 頁。

〔註17〕 潘悟雲：《漢語歷史音韻學》，上海：上海教育出版社，2000 年版，第 70 頁。

中實際上已經不存在獨立的入聲韻。

五、中古陽聲韻的韻尾

《張氏音括》中來自中古陽聲韻的字在歸韻時區分十分嚴格，同一韻中所列的例字沒有咸深攝字與山臻攝字混雜的情況。從這一點來看似乎仍保留-m韻尾，但從韻目來看並非如此。《張氏音括》韻目例字中收前鼻音韻尾的有「根昆巾君」「干官堅涓」兩組。這兩組韻目字中古為臻攝和山攝，恰好為收-n尾的兩韻。那麼來自中古咸深攝的字如果在當時的北音中收-m尾，為何不為它們獨立設置另外的韻目？這只能解釋為來自中古咸深攝的字已經與深臻攝字讀音相同。因此我們認為其時的咸深山臻四攝，韻尾均已合流為-n。

第二節　《張氏音括》韻母系統擬音

《張氏音括》中所設的三十四韻母（不計張氏稱為等外音的「貲音」和「而音」），可以根據「三十四音開合對音表」中開齊合撮的配合情況分為十一組。需要注意的是，《張氏音括》中韻目的排列順序為開口呼、合口呼、齊齒呼、撮口呼。現對《張氏音括》韻母系統進行擬測如下。

1. 裓孤饑居

《張氏音括》「韻目三十四音表」中認為「按表列裓孤饑居四音，勞氏一得號為元音之元，觀上所列拼音便詳餘音亦皆準」。《等韻一得》中與「元音之元」相關的論述在外篇中，「至於四等之所出生，則奔於阿、厄、伊、烏、俞五字。華梵字譜所謂阿、厄、伊、烏、俞五字為諧韻之元是也。呼阿字、厄字必開其口，故曰開口，而後五部之開口皆生於此，前條所論是也。呼伊字必齊其齒，故曰齊齒，而六部之齊齒皆生於此。呼烏字必合其口，故曰合口，而六部之合口皆生於此。呼俞字必撮其口，故曰撮口，而六部之撮口皆生於此。」[註18] 耿振生先生指出勞氏這一說法旨在用單元音、零聲母的漢字來指示四呼的介音為何物，並認為「阿」代表a、「厄」代表ə、「伊」代表i、「烏」代表u、「俞」代表y。[註19] 此處張文煒用「裓孤饑居」來代表四呼的介音，那麼

〔註18〕（清）勞乃宣：《等韻一得》，光緒戊戌吳橋官廨刻本，外篇。
〔註19〕耿振生：《明清等韻學通論》，北京：語文出版社，1992年版，第66頁。

「孤饑居」的音值可以定為 u、i、y，但是「祓」的音值需要進行討論才能最終確定。

《等韻一得》中開口呼設立了兩個代表字：「阿」和「厄」。並且指明「阿，喉音之陽聲也」，《張氏音括》「五聲譜」中祓韻字收錄今北京音讀 ei 韻母的「被、美、陂」等字。再考慮到列入合口的傀韻所收字中雖然有「杯、裴」等今讀 ei 韻母的字，但根據前文的討論可知當時唇音字正處在由合口向開口的演化過程中，因而將傀韻構擬為 uei 韻更為合理。綜合祓、傀兩韻的收字表現，我們將祓韻構擬為 ei。

2. 歌鍋結訣

這一組韻母大致來源於中古果假二攝，山攝、咸攝、梗攝和宕攝的部分入聲字也歸入此組韻母，約等於《中原音韻》歌戈韻。

這一組韻母在喉牙音後的表現值得注意。開口歌韻收有「我、多、諾、羅、落」字，合口鍋韻卻收有「科、訛、扼」字，這與今北京音的表現不一致。見系字的這種表現可以從語音演變的角度予以解釋。寧繼福先生根據《正語作詞起例》「和有何」「過有個」「鵝有訛」的例字，認為《中原音韻》的歌戈韻喉牙音字存在-uo 與-ɔ 的區分[註20]，這種區分的實質便是歌戈韻拼合喉牙音時是讀為開口呼還是合口呼的區別。今北京方言中果攝歌、戈兩韻的字，「端系字、精系字在北京話中比較整齊地讀成合口呼 uo，幫組字讀成 o，但見系字的開合口多有混淆。總的說，歌韻主要讀開口，戈韻多數讀合口，但互有參差。」[註21]《張氏音括》中果攝見系字的參差表現應當體現了變化過程中的殘跡。

端系字開合的不分現象與《韻略新抄便覽》表現類似。《韻略新抄便覽》中端、精、幫系字開合不分，如「多、他」的反切下字相同。[註22]來自中古鐸韻的字「諾、落」歸入開口呼的現象，可以與鐸韻見系字與果攝見系字的平行關係進行類比給以解釋。

此外「大、娜、那」三字在今北京話和濟陽方音中均讀 a 韻母，張文煒將其歸入歌韻，並不能說明其時這三字的實際讀音，而應從《張氏音括》在編制過程中的存古傾向，考慮其中古來源方面予以考慮。

〔註20〕寧繼福：《中原音韻表稿》，長春：吉林文史出版社，1985 年版，第 227 頁。
〔註21〕張樹錚：《清代山東方言語音研究》，濟南：山東大學出版社，2005 年版，第 43 頁。
〔註22〕張樹錚：《清代山東方言語音研究》，濟南：山東大學出版社，2005 年版，第 44 頁。

綜合來看，將歌韻擬作 o 或 ə 都是比較合理的。但考慮到齊齒呼、撮口呼具有的 i、y 介音會使韻腹前化，從語音系統性的角度出發，我們將歌韻擬作 ə。這一組韻母的音值則可以定為 ə、uə、iə、yə。

3. 傀

此組韻母僅有合口呼傀韻，大致來源於中古蟹止二攝，臻攝的部分入聲字也歸入此組韻母，主要來源於《中原音韻》的齊微韻合口字。由今北方方言及與《中原音韻》的關係，可將這組字擬為 uei。

該韻中值得關注的問題是部分字的開合口歸類，這部分字可分為唇音字和非唇音字兩大類予以考察。唇音字的開合口問題前文已有討論，此不贅述。非唇音字「內、羸、壘、累」四字今北京方言中讀為開口呼，而《張氏音括》中將其歸入合口呼，與《中原音韻》中將其歸入齊微韻合口的處理法一致。「（止攝蟹攝合口字）今山東方言中，除了在端組後丟掉 u 的地區之外，中部一般保持合口，讀作 luei，而西部、南部一般讀開口 lei，與北京話一致。清代的資料中，這些字一般讀合口，有的地方則已經有了開口的異讀，還有的反映出不同地方有開合的不同讀法。」[註23] 由《張氏音括》的材料及其「存雅求正」的讀書音特點來看，其時的讀書音中蟹止攝合口來母字一律讀作合口呼。

此外該韻中還出現了一個今讀 uɛ 韻母的特殊字「外」，此處《張氏音括》將「外」與 uei 韻母字列入同一小韻。《中原音韻》中「外」與「膭」列於皆來韻同聲字組中，但「膭」與「外」在今北京音中已經不同音，老國音中這兩字也不同音。但在山東某些地區如壽光、臨朐、牟平等地，「外」字讀為 uei 韻母。張文煒將「外」列入傀韻的處理方式，應當與他所接觸到的山東方言現象有關。

4. 鉤鳩

此組韻母僅有開口呼「鉤」韻和齊齒呼「鳩」韻，主要來自中古的流攝以及部分宕江攝入聲字，大致相當於《中原音韻》的尤侯韻。由今北方方言及與《中原音韻》的關係，可將這組韻母擬為 əu、iəu 或 ou、iou，但這兩種構擬實際上並不存在對立。從減少構擬音系中元音數量的角度出發，此組韻母的擬音與歌韻擬音保持一致，擬作 əu、iəu。

〔註23〕張樹錚：《清代山東方言語音研究》，濟南：山東大學出版社，2005 年版，第 53 頁。

5. 庚公經弓

此組韻母主要來自中古曾攝、梗攝、通攝的舒聲韻，相當於《中原音韻》的東鍾韻和庚青韻，因而此處需要討論這一組韻母中的主要元音數目與類型。

陸志韋先生指出北曲中「庚耕登的合口跟東鍾韻通押」，這部分字在卓從之《中州音韻樂府類編》中被歸入東鍾韻，「好像那些合口字真的已經變為 uŋ，iuŋ音了」，而「這樣的字，《中原音韻》兩韻都收，可是兩方面的字不全同」。那麼這樣的現象可能說明「《中原音韻》的分收或是兼收表明有些合口字在方言異讀（參《西儒耳目資》uŋ跟 uəŋ重讀）」，但也有可能是辨音的問題，即「卓氏的辨音也許是靠不住的」。〔註24〕張文煒曾引用的《書文音義便考私編》中也將東韻與庚韻分立，「（庚韻）古通青。今復分青蒸而互相雜茲，合而分之。本韻自曉至明諸母下，音要與東韻諸音各各有辨，勿混為一，見合母下亦然。」〔註25〕但實際上《中原音韻》東鍾、庚青兩韻已有混同趨勢，部分中古曾、梗二攝的唇牙喉音聲母字在《中原音韻》中有兩韻並收現象，曹正義認為這說明了語音變化中出現了新的趨勢，也即音讀搖擺於兩韻之間。〔註26〕自《中原音韻》時代至張文煒所處的民國初年，這種混同應當更為明顯。以這樣的觀點來看《張氏音括》與李登處理方法不同的事實，這可以作為佐證證明當時的北音中來自《中原音韻》東鍾韻和庚青韻的合口字已經合併，其主要元音相同。

「中古通攝三等精組和來母的多數字北京音不讀細音而讀洪音，如『蹤從松足促肅龍隆陸綠又讀』；只有少數字還讀細音，如『續宿（ɕiou，異讀）綠』。這些字在山東中部的多數地區（東至濰坊、西至聊城）讀成細音，與古音的對應比北京話更整齊一些；其他地區也有類似的現象，但也有不少地區讀成洪音，如同北京話。」〔註27〕這一現象在《張氏音括》中也有反映，《張氏音括》中「蹤樅從嵩松隆隴矓」均在撮口呼弓韻，說明讀細音。

〔註24〕陸志韋：《釋〈中原音韻〉》，載《陸志韋近代漢語音韻論集》，北京：商務印書館，1988 年版，第 13 頁。

〔註25〕李登：《書文音義便考私編》，收入《續修四庫全書》第 251 冊，上海：上海古籍出版社，2002 年版。

〔註26〕曹正義：《元代山東人劇曲用韻析略》，載《山東大學文科論文集刊》1981 年第 2 期，第 64～73 頁。

〔註27〕張樹錚：《清代山東方言語音研究》，濟南：山東大學出版社，2005 年版，第 48 頁。

由今北方方言及與《中原音韻》的關係，可將這組韻母擬為 eŋ、uŋ、iŋ、yŋ。

6. 根昆巾君

這組韻母的例字絕大多數來自中古臻攝，相當於《中原音韻》的真文韻。由今北方方言及與《中原音韻》的關係，可將這組韻母擬為 en、uən、in、yn。其中有一個來自中古梗攝的字「聽」被列入巾韻中，應為誤置。

這組韻母中出現了這樣的特殊現象：部分精組、來母合口呼字被歸入撮口呼，例如「遵、淪」被列入君韻，與被列入昆韻的「尊、論」形成對立。部分知莊章組、日母合口呼字也被歸入撮口呼，但沒有合口呼字與之形成對立，如「諄春唇閏」。此外部分輕唇音字如「分汾憤」被列入合口呼，前文已有討論，此處不再贅述。

值得關注的另一個問題是中古深攝字的歸屬。《張氏音括》此組韻母中的例字除「聽」外全部是中古臻攝字，在現代北方方言中中古深攝字的-m 韻尾已經變為-n 韻尾，與中古臻攝字合併。但是-m 尾向-n 尾的轉變早在中古時期的漢語方言中就已有所體現了，楊耐思先生曾以唐代胡曾《戲妻族語不正》詩為例，認為在唐代就已經有了-m、-n 相混的方言。但在共同語中，到了《中原音韻》時代，才有了少數-m 尾字轉化為-n，絕大多數-m 尾字還沒有發生轉化。〔註28〕王力先生認為「在北方話裏，-m 的全部消失，不能晚於十六世紀，因為十七世紀初葉（1626）的《西儒耳目資》裏已經不再有-m 尾的韻了。」〔註29〕《韻略匯通》的「例言」中指出，「真文之於侵尋，先全之於廉纖，山寒之於緘咸有何判別，而更分立一韻乎？今悉依《集成》例，合併為一。」〔註30〕由此可見在《韻略匯通》時代，中古-m 尾韻與-n 尾韻之間的差異在北方方言中已經消失了。因而晚於《韻略匯通》的《張氏音括》中不存在-m 尾是符合語音發展變化的趨勢與方向的，至於《張氏音括》該組韻母中所選取的例字沒有來自中古深攝的，應當與張文煒本人的音韻學思想中的守舊成分有關。

〔註28〕楊耐思：《近代漢語-m 的轉化》，載《近代漢語音論》（增補本），北京：商務印書館，2012 年版，第 50～51 頁。

〔註29〕王力：《漢語史稿》，北京：中華書局，2013 年版，第 135 頁。

〔註30〕（明）畢拱辰：《韻略匯通》，清光緒十四年成文堂刻本。

7. 迦瓜加

這組韻母的例字主要來自中古假攝字以及咸、山攝的部分入聲字，大致相當於《中原音韻》的家麻韻。由今北方方言及與《中原音韻》的關係，可將這組韻母擬為 a、ua、ia。

8. 該乖皆

這組韻母的例字主要來自中古蟹攝字，也有部分止攝合口字和咸、山攝的部分入聲字，大致相當於《中原音韻》的皆來韻。對這組韻母擬音需要考慮這樣的問題：其舌位動程與現代北方方言的舌位動程相比，有沒有明顯的區別？

通過對明清時期反映北方官話方言的韻書中 ai / ε 的分別進行考察，可以找出這一音變的大致時間。《韻略匯通》中遮蛇韻不收從入聲字變來的 ε、uε，與《韻略匯通》相同。[註31]《李氏音鑒》中皆佳韻的喉牙音字自成一韻，不與讀 iε 的麻韻三等字歸為一類，可見當時仍讀 iai 韻母。而到了《官話萃珍》中情況才大變，原讀 iai 韻的皆、佳韻字（如：街皆階解鞋懈蟹）等都失去了 iai 音，與 iε 韻的麻韻三等字（如：姐些邪寫謝等）、咸攝入聲（如：接捷劫等）、山攝入聲（如：揭癤竭潔結傑歇褻等）讀音相同了。[註32]《音韻逢源》中蟹攝齊齒呼 iai 的「皆解戒諧」等字變為 iε，與拙攝齊齒呼合流，歸酉部齊齒呼，但是仍存在著不穩定的 iai（其中很多字與 iε 兩見）。[註33] 由此可見最晚在清代中期北方方言中就已經開始出現由 iai 向 iε 的變化。考慮到《張氏音括》的成書時代，以及今北方方言的特點，將皆韻擬作 iε，該、乖韻分別擬作 ai、uai。

9. 高嬌

這一組韻母來自中古效攝，大致相當於《中原音韻》的蕭豪韻。由今北方方言及與《中原音韻》的關係，可將這組韻母擬為 au、iau。值得注意的是，嬌、敲、喬等效開二的見系字被置於嬌韻中，也可以作為其時見開二的字已經出現 i 介音的證據。

〔註31〕陸志韋：《記畢拱辰〈韻略匯通〉》，載《陸志韋近代漢語音韻論集》，北京：商務印書館，1988 年版，第 88 頁。

〔註32〕郭力：《〈重訂司馬溫公等韻圖經〉體例辨析》，載《古漢語研究》1993 年第 4 期，第 37～43 頁。

〔註33〕耿振生：《明清等韻學通論》，北京：語文出版社，1992 年版，第 177 頁。

10. 岡光薑

這一組韻母來自中古宕攝和江攝，相當於《中原音韻》的江陽韻。由今北方方言及與《中原音韻》的關係，可將這組韻母擬為 aŋ、uaŋ、iaŋ。《張氏音括》中將「壤讓」等日母字置於齊齒呼薑韻中，但是在今山東方言中只有東區讀零聲母的地方日母後的韻母為細音。在清代山東方言的資料中，日母字（除「兒」系字外）均拼細音[註34]，《張氏音括》中這一處理說明時音中日母字仍有著韻母為細音的色彩。

11. 干官堅涓

這一組韻母在《張氏音括》中的例字全部來自中古山攝，但考慮到中古陽聲韻在近代漢語中的歸併情況，實際上該組韻母也擔負著標注來自中古咸攝字的任務。因此這一組韻母實際上相當於中古的咸攝和山攝，相當於《中原音韻》的寒山、桓歡、先天、監咸、廉纖五韻。由今北方方言及與《中原音韻》的關係，可將這組韻母擬為 an、uan、ian、yan。《張氏音括》中將「然蹂」等日母字置於齊齒呼堅韻中，與岡組聲母中的處理類似。

綜合上述分析，現將《張氏音括》韻母表整理如下。

表 9 《張氏音括》韻母擬音

	開口呼	齊口呼	合口呼	撮口呼
一	祓 ei	饑 i	孤 u	居 y
二	歌 ə	結 iə	鍋 uə	訣 yə
三			傀 uei	
四	鈎 əu	鳩 iəu		
五	庚 eŋ 公 uŋ	經 iŋ		弓 yŋ
六	根 en	巾 in	昆 uən	君 yn
七	迦 a	加 ia	瓜 ua	
八	該 ai	皆 iɛ	乖 uai	
九	高 au	嬌 iau		
十	岡 aŋ	薑 iaŋ	光 uaŋ	
十一	干 an	堅 ian	官 uan	涓 yan

〔註34〕張樹錚：《清代山東方言語音研究》，濟南：山東大學出版社，2005年版，第54頁。

第四章 《張氏音括》聲調系統

第一節 《張氏音括》的聲調表現

　　從《張氏音括》的體例來看，張文煒將中古的平上去入四個聲調分為陰陽上去入五個聲調，但同時又對北音中的「入聲」提出了質疑，認為「按南音無陰平北音無入聲，蓋南於陽平轉作上聲，北於入聲有變有轉，俱消納於陰陽上去四聲之中」，「今以北音證之，則迦瓜兩字入聲應做戛刮韻，收八」。由此來看，當時的「北音」系統，也即官話語音中實際上是不存在入聲的。

一、《張氏音括》陰平字的主要來源

　　《張氏音括》陰平字主要有以下幾個來源：

　　1. 中古清聲母平聲字仍然讀陰平。

　　2. 中古清聲母的入聲字在《張氏音括》中被列入陰平，「如七字本入聲質韻清母字，北變作平聲支韻溪母之欺字」。

二、《張氏音括》陽平字的主要來源

　　《張氏音括》陽平字主要有以下幾個來源：

　　1. 中古濁聲母平聲字歸入陽平，如「勤銀民」等。

　　2. 中古全濁入聲字歸入陽平，「音之類轉如十字本入聲緝韻禪母字，北轉

作平聲支韻禪母之時字。音之類舉其一端以例其餘」。

三、《張氏音括》上聲字的主要來源

《張氏音括》上聲字主要來自於中古清聲母、次濁聲母的上聲字。

四、《張氏音括》去聲字的主要來源

《張氏音括》去聲字主要有以下幾個來源：

1. 中古去聲字在《張氏音括》中仍讀為去聲。
2. 中古全濁上聲字歸入去聲，如「害近」等。
3. 中古次濁入聲字歸入去聲，如「墨」。

由此來看，《張氏音括》的四聲歸派與現代冀魯官話的四聲歸派十分一致。

第二節 《張氏音括》聲調相關問題

一、入聲的消失及「五聲譜」中入聲的性質

入聲既是一個聲調問題（與舒聲字相比入聲字更為輕短），又是一個韻母問題（入聲字帶有促音韻尾）。需要注意的是，《張氏音括》在例言裏注明「北於入聲有變有轉，俱消納於陰陽上去四聲之中」，可知在當時北音的實際讀音中入聲已經消失了。但《張氏音括》針對北方方音而設置的「五聲譜」中卻仍然設置了入聲，對這些字進行考察之後發現入聲兼配陰陽，在傳統等韻學著作中，這種入聲兼配陰陽以求得存古與時音平衡的做法並不鮮見。《經史正音切韻指南》提出所謂的「借入」之說，用入聲兼配陰陽，以期在繼承前代韻書的同時兼顧時音特點，這種做法在存古的同時也反映了時音的變化。此處《張氏音括》入聲的兩配，與劉鑑的做法實質上是相同的，都是以「存雅求正」為創作指歸的官話韻書在實際語音中入聲已經消失，而前代韻書中仍然存留著入聲調類的矛盾情形下所進行的處理。

因此我們認為《張氏音括》例言中的描述是當時入聲的實際情況，而「五聲譜」中所設的入聲是根據前人的韻書而來，是作者特意存古的思想所致。「五聲譜」中的入聲實際上一種存古的表現，這種「存古」與張文煒「存雅求正」的音韻學思想密切相關。「從前的讀書人幾乎都把入聲看著『正音』或『雅

音』中不可缺少的東西，本方言中如果沒有入聲似乎是不光彩的事情。所以，無入聲區的文人在編撰韻書、韻圖時，有的要把入聲字獨立出來，掩蓋入派四聲的事實。」[註1] 張文煒在此處的處理雖然不是為了「掩蓋入派四聲的事實」，但其處理方式實際上也是與讀書音密切相關的。「從前讀經書，作詩作賦都講究平仄。北方雖然實際上讀不出入聲，但為了牢記平仄和對入聲『心嚮往之』起見，總要讀成短促的去聲；縱使極普通的字，口語上已不習慣再讀短促，而在讀書的時候也必須用另一種讀法。」[註2]《張氏音括》中對入聲的處理也是這種思想的體現，未將實際已派入四聲的入聲就其實際讀音分派，而是按照其中古讀音另列聲類，通過這種處理分列出的「入聲」實際上是讀書音的表現。

二、全濁上聲的歸派

全濁上聲歸入去聲的變化在唐末就已有所體現，李涪在《刊誤》中批評《切韻》「舅甥之舅則在上聲，故舊之舊則在去聲」，認為「吳音乖舛，不亦甚乎！上聲為去，去聲為上」，這反映出群母上聲字「舅」在李涪的方言中已然變為了去聲。《中原音韻》中全濁聲母字的表現也說明濁上變去的變化早已發生，但是「殆牝駭奉憤」等中古濁聲母上聲字在《張氏音括》「五聲譜」之中仍歸為上聲。

這種全濁上聲仍歸上聲的現象在《中原音韻》中的少數字上也有體現，現將《張氏音括》中仍保留在上聲位置的中古全濁上聲字與其在《中原音韻》中的歸派情況對比如下：

表10　《中原音韻》《張氏音括》部分中古全濁上聲字歸派比較

例　字	《中原音韻》歸派	《張氏音括》歸派
殆	（未收）	該韻上聲
牝	真文韻上聲	巾韻上聲
駭	皆來韻上聲	皆韻上聲
奉	東鍾韻去聲	公韻上聲
憤	（未收）	昆韻上聲

[註1] 耿振生：《明清等韻學通論》，北京：語文出版社，1992年版，第153頁。
[註2] 白滌洲：《北音演變入聲考》，載《女師大學術季刊》，1931年第二卷第二期，第42頁。

　　《中原音韻》未收的兩字，在對《中原音韻》進行增補的《中州音韻》中皆有收錄，其中「殆」《中州音韻》收入皆來韻去聲，「憤」《中州音韻》收入真文韻去聲。〔註3〕由上表可以發現，部分在《中原音韻》中早已派入去聲的濁聲母上聲字，如「奉」，在《張氏音括》中又被列入上聲。此外其他韻書、韻圖中濁上字的表現也可以證明濁上變去的變化在元代已經相當普遍，《經史正音切韻指南》序中記載「但恐施於誦讀之間，則習為蔑裂矣。略如時忍切腎字，時掌切上字，同是濁音，皆當呼入濁聲」。〔註4〕劉鑒製作韻圖時，在選擇例字上頗為用心，去聲下的例字未見來自中古全濁上聲者，這種做法與張文煒在編制《張氏音括》時選擇例字的方式極其相似。但是在序言中劉鑒還是暴露了時音中全濁上聲已然變為去聲的事實。將其與《張氏音括》相較可以認為，《張氏音括》中全濁上聲字已經變為去聲，之所以在「五聲譜」中未能找到濁上變去例字是因為張文煒在選取例字時著力考慮其中古聲韻地位。這些中古全濁上聲字仍被置於上聲中的做法，是張文煒在編制韻書過程中希望藉此使學生「於音韻之道稍窺門徑」，瞭解音韻學知識而有意為之。特別是「奉」字的處理更是可以明確地看出張文煒以《廣韻》韻類為為正音標準的觀念，也與其另一部著作《張氏音辨》列字時對在《廣韻》音系中「同音用韻同調同等」刻意予以強調的做法是一以貫之的。

〔註3〕 李新魁：《〈中原音韻〉音系研究》，鄭州：中州書畫社，1983 年版，第 153 頁、第 161 頁。

〔註4〕 （元）劉鑒：《經史正音切韻指南》，收入《等韻五種》，臺北：藝文印書館，1981 年版。

第五章　《張氏音括》與其他韻書的比較

　　通過《張氏音括》與反映近代漢語語音的其他韻書進行比較，可以瞭解近代漢語北方方言語音演變的過程和特點，同時也可以更為全面地把握《張氏音括》的音系面貌，確定《張氏音括》音系的語音性質。這就牽涉到比較對象的選擇問題，考慮到韻書音系所反映音系的地域區別和比較目的，我們選取了《中原音韻》《韻略匯通》《五方元音》《韻學入門》《七音譜》與《張氏音括》進行比較。

　　楊耐思先生曾指出：「《中原音韻》所記錄的是元代北方廣大地區通行的，應用於廣泛的交際場合的『中原之音』，等於當時的普通話語音。而且他的審音觀點也幾乎完全避免了傳統音韻學中一些脫離實際的傾向，基本上如實反映了當時的漢語語音系統。」〔註1〕《韻略匯通》是「明代末年反映官話語音的重要著作之一。它的作者畢拱辰雖然可能接受一些傳統方面的影響，但他自己的鄉音和當時官話的主流對他的影響應該說是居於主導的地位。」〔註2〕《韻略匯通》所記錄的明初「存雅求正的普通話」處於《中原音韻》和《五方元音》之間，且與《張氏音括》處在同一個方言大區之內。《五方元音》是明末清初人樊騰鳳

〔註1〕楊耐思：《〈中原音韻表稿〉序》，載寧繼福《中原音韻表稿》，長春：吉林文史出版社，1985 年版，第 2 頁。
〔註2〕邵榮芬：《〈韻略匯通音系研究〉序》，載張玉來《韻略匯通音系研究》，濟南：山東教育出版社，1994 年版，第 1 頁。

編的一部韻書，此書「語音體系在總的方面是表現 17 世紀中葉北方官話的，但在一定程度上留有方言的痕跡。」〔註3〕《韻學入門》是歷城人劉柏所撰寫的一部韻書，成書在道光九年（1829）以前，附於劉氏所著《四書五經音韻》卷首，光緒八年（1882）由東昌鮑梓元刊行。〔註4〕通過《張氏音括》與《韻學入門》的比較，可以梳理清末濟陽一帶的方言特色。《七音譜》是清末民初的一部音韻學著作，作者張祥晉，山東高密城裏人，此書中記載了大量的高密方言現象。〔註5〕此書反映的則是山東方言東區的語音特點，與《張氏音括》進行比較，可以看出當時山東方言西區與東區的異同。

　　進行比較時所採用的擬音分別是：《中原音韻》依照楊耐思先生所擬〔註6〕，《韻略匯通》依照張玉來先生所擬〔註7〕，《五方元音》音系依照李清恒先生所擬〔註8〕，《韻學入門》音系依照周賽華先生所擬〔註9〕，《七音譜》音系依照張樹錚先生所擬。〔註10〕

第一節　聲母的比較

　　下表為六部韻書的聲母擬音對照表，通過對表格內容的分析可以發現六部韻書聲母系統存在的差異。（《張氏音括》中唇音分為重唇音和輕唇音，此處合稱唇音；日母歸入正齒音；深喉音、淺喉音、牙音合稱喉牙音；來母歸入舌頭音。）

表 11　六部韻書聲母比較

	中原音韻	韻略匯通	五方元音	韻學入門	七音譜	張氏音括
唇音	p / p^h / m / f / v	p / p^h / m / f / v	p / p^h / m / f	p / p^h / m / f	p / p^h / m / f	p / p^h / m / f

〔註3〕李清恒：《〈五方元音〉音系研究》，武漢：武漢大學出版社，2008 年版，第 162 頁。
〔註4〕周賽華：《近代等韻綴補》，未刊稿，第 47 頁。
〔註5〕張樹錚：《清代山東方言語音研究》，濟南：山東大學出版社，2005 年版，第 249～250 頁。
〔註6〕楊耐思：《中原音韻音系》，北京：中國社會科學出版社，1981 年版。
〔註7〕張玉來：《韻略匯通音系研究》，濟南：山東教育出版社，1994 年版。
〔註8〕李清恒：《〈五方元音〉音系研究》，武漢：武漢大學出版社，2008 年版。
〔註9〕周賽華：《近代等韻綴補》，未刊稿。
〔註10〕張樹錚：《清代山東方言語音研究》，濟南：山東大學出版社，2005 年版。

舌頭音	t / tʰ / n / l	t / tʰ / n / l	t / tʰ / n / l	t / tʰ / n / l	t / tʰ / n / l	t / tʰ / n / l
齒頭音	ts / tsʰ / s	ts / tsʰ / s	ts / tsʰ / s	ts / tsʰ / s	ts / tsʰ / s	ts / tsʰ / s
正齒音	tʃ / tʃʰ / ʃ / ʒ	tʂ / tʂʰ / ʂ / ʐ	tʂ / tʂʰ / ʂ / ɽ	tʂ / tʂʰ / ʂ / ʐ	tʂ / tʂʰ / ʂ / tʃ / tʃʰ / ʃ	tʂ / tʂʰ / ʂ / ʐ
喉牙音	k / kʰ / ŋ / x / Ø	k / kʰ / x / Ø	k / kʰ / x / Ø	k / kʰ / x / Ø	k / kʰ / x / c / cʰ / ç / Ø	k / kʰ / x / ŋ / Ø / tɕ / tɕʰ / ɕ

一、唇音的比較

　　從《中原音韻》到《張氏音括》，重唇音聲母沒有發生變化，輕唇音聲母經歷了全濁聲母 v 消失的過程。《中原音韻》中「『微』的小韻跟『影云以』的小韻對立」，楊耐思先生據此認為「至於『輕唇』的『微』母字，在《中原音韻》裏仍然自成一類」，並將其構擬為 v。〔註11〕寧繼福先生也認為《中原音韻》中存在獨立的微母，但指出「微母字常與零聲母相混」，同時認為「在以濁音清化為主要特徵的《中原音韻》音系裏空前絕後地擬出一個濁擦音來，難以服人」。綜合這些理由，在構擬微母的音值時認為「《中原音韻》的微母不是輔音性很強的唇齒音，而是半元音性的聲母 ʋ。」〔註12〕兩家的擬音雖然在音值上存在差異，但在微母作為獨立存在的音類這一點上是一致的。《韻略匯通》也完整地保留了中古微母字的讀法，其標母為「無」字，陸志韋先生擬作半元音 w，張玉來先生將其擬作 v。〔註13〕但到了《五方元音》中，v 母已經消失，與中古影母、喻母合流成為零聲母。〔註14〕

　　《張氏音括》中的微母也已經與疑母、喻母相混，成為零聲母。《切韻指南》「唇音輕重辨」所記載的「俗讀微母，與合口疑喻二母相混」和「見溪曉影找字不見，再找精清心微即有」也可以作為當時濟陽方音中微母讀為零聲母的佐證。由《韻學入門》和《七音譜》的表現來看，當時的唇音在山東方言區內部

〔註11〕楊耐思：《中原音韻音系》，北京：中國社會科學出版社，1981 年版，第 19 頁。
〔註12〕寧繼福：《中原音韻表稿》，長春：吉林文史出版社，1985 年版，第 216 頁。
〔註13〕張玉來：《韻略匯通音系研究》，濟南：山東教育出版社，第 56 頁。
〔註14〕李清恒：《〈五方元音〉音系研究》，武漢：武漢大學出版社，2008 年版，第 19 頁。

表現一致，這也與今山東方言的表現相同。

二、舌頭音的比較

從《中原音韻》到《張氏音括》，舌頭音聲母沒有發生變化，均為 t／tʰ／n／l。王力先生認為舌音端透泥來四母在語音演變中最穩定，它們從上古到今北京話一直未變。〔註15〕由《韻學入門》和《七音譜》的表現來看，舌頭音在山東方言區內部表現一致，與今山東方言的表現相同。

三、齒頭音的比較

《中原音韻》中精組字未出現分組現象，《韻略匯通》的精組字也沒有出現分組現象。李清恒先生將《五方元音》的精組聲母構擬為 ts／tsʰ／s，但同時指出「從見精兩系字在韻書中的安排可以發現尖團音相混的過渡狀態——見精兩系的字存在明顯的分組現象：見精兩系的開合口三四等與喉牙音二等字常常為一組，這些字的聲母在今音讀作 j、q、x；見精兩系的一、二等的（喉牙音字除外）開、合口洪音字為一組，這些字的聲母在今音念 g、k、h 和 z、c、s」〔註16〕，這種現象說明至少在《五方元音》時期精、見組的洪細分化已經有較為明顯的表現了，但分化還未完全定型。《韻學入門》中音系區分尖團，如「居≠沮；去≠趣；虛≠胥」〔註17〕。《七音譜》的精組聲母在細音前也仍然讀 ts／tsʰ／s，這種表現與其基礎方言一致，今高密方言中仍然是尖團不混的，但《七音譜》中又記載「余所見濟南人乃言『京卿興』如『精青星』」〔註18〕，說明當時濟南一帶的尖團音已經不分。但《張氏音括》的精組字並未齶化，一律讀為 ts／tsʰ／s，這就與《韻學入門》的表現不一致，而與老國音的表現相同。《圓音正考》原序中指出：「第尖團之辨，操觚家闕焉弗講，往往有博雅自詡之士，一矢口肆筆而紕繆立形。視書『璋』為『礜』、呼『杕』為作『杖』者，其直鈞也」。〔註19〕此《原序》寫於乾隆癸亥年（乾隆八年，1743），可見至遲

〔註15〕王力：《漢語語音史》，北京：中國社會科學出版社，1985 年版，第 554 頁。

〔註16〕李清恒：《〈五方元音〉音系研究》，武漢：武漢大學出版社，2008 年版，第 54～55 頁。

〔註17〕周賽華：《近代等韻綴補》，未刊稿，第 51 頁。

〔註18〕張樹錚：《清代山東方言語音研究》，濟南：山東大學出版社，2005 年版，第 33 頁。

〔註19〕（清）存之堂輯：《圓音正考》，收入《續修四庫全書》第 254 冊，上海：上海古籍出版社，2002 年版。

到此時，北京話中精見組的細音已經合流為 tɕ／tɕʰ／ɕ。

　　無論是《張氏音括》還是老國音，精組字不齶化的現象都是與清末民初的時音相齟齬的，是官話音系的「正音」觀念下的處理方式。

四、正齒音的比較

　　中古知莊章三組字在《中原音韻》中已經互相合併，合併的情形大部分是同一個小韻裏「知」組字和「章」組字混，或「知」組字和「莊」組字混，還有在少數幾個小韻裏「章」組字跟「莊」組字合併或「知」組字、「章」組字、「莊」組字合併。楊耐思先生將這一組聲母 tʃ、tʃʰ、ʃ，認為尚未完成捲舌化。中古日母字則被構擬為 ʒ，但認為實際上不是 ʃ 的濁音，其發音部位略靠後。[註 20]寧繼福先生則認為《中原音韻》中的知二莊與知三章實際上呈現互補分布，而從發展趨勢的角度將這一組聲母擬作 tʂ、tʂʰ、ʂ，以期表現其捲舌化進程，認為《中原音韻》的聲母 tʂ、tʂʰ、ʂ 在韻母 i 和帶有 i 介音的韻母前讀 tʃ、tʃʰ、ʃ。[註 21]李新魁先生認為「照系和知系聲母的音值，在元代都是捲舌音 tʂ 等，照二組與照三組無別」，而《中原音韻》分立的小韻中將知二莊和知三章組字列為不同的小韻，其對立產生的原因與韻母不同有關，知二莊組字不帶 i 介音，知三章組字則帶 i 介音。[註 22]

　　張玉來先生認為《韻略匯通》的「知莊章三組聲母在音色上分作兩類，即 tʂ、tʂʰ、ʂ 和 tʃ、tʃʰ、ʃ，但 tʂ 組出現在洪音，tʃ 組出現在細音，它們出現的條件是互補的」，因此將其構擬為一類 tʂ／tʂʰ／ʂ 聲母。[註 23]《五方元音》的情況與《韻略匯通》相似，知莊章三組聲母合流為 tʂ、tʂʰ、ʂ。[註 24]《韻學入門》的知莊章組同樣合流為 tʂ、tʂʰ、ʂ。[註 25]《七音譜》中的正齒音分為 tʂ／tʂʰ／ʂ 和 tʃ／tʃʰ／ʃ 兩類，這與今高密方言一致。[註 26]《張氏音括》中的「照穿審」三母雖然擬作 tʂ、tʂʰ、ʂ，但仍能與撮口呼拼合，仍應帶有一定的舌葉色彩。

〔註 20〕楊耐思：《中原音韻音系》，北京：中國社會科學出版社，1981 年版，第 25～27 頁。

〔註 21〕寧繼福：《中原音韻表稿》，長春：吉林文史出版社，1985 年版，第 213～215 頁。

〔註 22〕李新魁：《〈中原音韻〉音系研究》，鄭州：中州書畫社，1983 年版，第 63 頁。

〔註 23〕張玉來：《韻略匯通音系研究》，濟南：山東教育出版社，第 52 頁。

〔註 24〕李清恒：《〈五方元音〉音系研究》，武漢：武漢大學出版社，2008 年版，第 149 頁。

〔註 25〕周賽華：《近代等韻綴補》，未刊稿，第 49～50 頁。

〔註 26〕張樹錚：《清代山東方言語音研究》，濟南：山東大學出版社，2005 年版，第 251 頁。

討論日母時，需要考慮其韻母情況，此處僅討論非止攝開口三等字。《中原音韻》中的日母字楊耐思先生構擬為ʒ，陸志韋先生則將其擬作ʐ，並認為「並不是ʂ的濁音ʐ，也不是ɕ的濁音ʑ」。〔註27〕

五、喉牙音的比較

從《中原音韻》到《張氏音括》，疑母字的表現存在歧異之處。中古疑母字在《中原音韻》音系中大部分都跟影、云、以的變音合流了。但也有一小部分疑母字自成小韻，並跟影、云、以的小韻對立，楊耐思先生認為這種對立的小韻會保存ŋ聲母。〔註28〕《韻略匯通》中把影、喻、疑等聲母的字全部歸入零聲母了，但「無論在北方方言區中，還是山東小方言區中，保存ŋ-或者部分地保存ŋ-是個較普遍的現象」，《韻略匯通》中的這種表現是作者「存雅求正」的做法所致〔註29〕，在實際語音中應當還是存在著ŋ聲母的。中古疑母在《五方元音》已經消失，消失後疑母總的分布特徵是按韻母洪細的原則分開，演變成零聲母云、蛙兩聲母，與今普通話基本相一致。〔註30〕《韻學入門》的影喻疑微母也已經合流。但在今濟陽方言中部分來源於中古影、疑母的開口呼字讀為ŋ聲母，例如：

表 12　濟陽方言部分中古影疑母開口字今讀

	愛影	襖影	安影	恩影	餓疑	熬疑	藕疑	岸疑
今讀	ŋɛ	ŋɔ	ŋã	ŋẽ	ə	ŋã	ŋou	ŋã

濟陽方言「愛」「藕」「熬」等字均帶有ŋ聲母，但來自中古疑母的「餓」則不帶ŋ聲母。《切韻指南》中「唇音輕重辨」所記載的「俗讀微母，與合口疑喻二母相混」和「見溪曉影找字不見，再找精清心微即有」說明其時部分疑母字仍有讀ŋ的現象。《張氏音括》中影、喻母字的表現也說明一部分喻母的聲母為ŋ。但成書於清中期、反映濟南地區方音的《韻學入門》為何沒有這樣的表現？這可能與在實際運用中ŋ與零聲母直接並未存在實質性的對立有關，雖然

〔註27〕陸志韋：《釋〈中原音韻〉》，載《陸志韋近代漢語音韻論集》，北京：商務印書館，1988年版，第10頁。
〔註28〕楊耐思：《中原音韻音系》，北京：中國社會科學出版社，1981年版，第19～20頁。
〔註29〕張玉來：《韻略匯通音系研究》，濟南：山東教育出版社，第57頁。
〔註30〕李清恒：《〈五方元音〉音系研究》，武漢：武漢大學出版社，2008年版，第54頁。

這部分字的聲母讀為ŋ，但並未作為區別性特徵以區別於零聲母字，因此《韻學入門》將其與零聲母歸為一類，而《張氏音括》《切韻指南》的作者審音更為精細，體現出了這一特點。由此也可以看出在山東方言中疑母字的消失經歷了較長的時段，「今北京開口呼零聲母字，主要來源於中古影、疑二母的開口一等，在山東方言中有三種讀音：東萊片及與之相連的東濰片一些點讀零聲母，東濰片的大部分及西齊片讀ŋ聲母，西魯片讀ɣ聲母。」〔註31〕

《中原音韻》的見系字沒有齶化。《韻略匯通》中尖團雖然不混，但是其見組字的反切卻有分組現象，張玉來先生通過考訂見組字反切上字，認為「見組字在《匯通》中確實存在齶化現象，齶化的程度可能還不到〔tɕ〕音組，在聲母的處理上可以不必深究。」〔註32〕《五方元音》的喉牙音和齒頭音還沒有完全齶化，但是其見開二的字普遍穩定地產生了 i 介音，並且與細音三四等字合流，此時的見精兩系雖然還沒分化為後來的兩套聲母，但是其字很有規律、很全面、很明顯地形成了兩組的聚合。〔註33〕《韻學入門》中區分尖團，見組尚未完全齶化。《七音譜》中的見系細音字讀舌尖中音 c、cʰ、ç，張樹錚先生認為「這說明見系字在細音前舌位已經前移，但還沒有達到最前的位置。這也說明在山東方言中，見系細音字讀舌面前音的歷史要比其他北方方言晚一些。」〔註34〕由《韻學入門》和《張氏音括》的比較來看，濟南方言中見系字齶化完全定型的時間當在清中後期，但從《七音譜》的表現來看，這種現象開始出現的時間還是較早的。

綜合上述情況來看，《張氏音括》的聲母系統與《中原音韻》相比出現了明顯的變化。其語音系統除了精組字細音未齶化、疑母字還未完全消失之外，其餘已經與今普通話的聲母系統基本相同了。

第二節　韻母的比較

《張氏音括》韻母共三十四個（不含「觜音」和「而音」），「三十四音開合

〔註31〕錢曾怡：《山東方言研究》，濟南：齊魯書社，2001 年版，第 57 頁。

〔註32〕張玉來：《韻略匯通音系研究》，濟南：山東教育出版社，第 55 頁。

〔註33〕李清恒：《〈五方元音〉音系研究》，武漢：武漢大學出版社，2008 年版，第 79～80頁。

〔註34〕張樹錚：《清代山東方言語音研究》，濟南：山東大學出版社，2005 年版，第 34 頁。

對音表」依照四呼將其分為十一組。韻母的比較與聲母相比更為複雜，我們從音類和音值兩個方面予以考察。總體來看，從《中原音韻》到《張氏音括》，韻類方面的最主要表現是逐漸簡化，實現這一過程的主要途徑是韻部的歸併。除此之外，在音值方面也發生了一些變化，如閉口韻的消失、撮口呼形成、舌尖元音的變化等。

通過比較可以發現，由《中原音韻》到《張氏音括》的發展過程中，部分韻部的對應是比較整齊的。如《張氏音括》中的岡薑光、鈎鳩、高嬌、迦加瓜、該皆乖類韻母，承嗣自《中原音韻》中的江陽、尤侯、蕭豪、家麻、皆來五韻，當然這幾個韻部在其他韻書中的表現也是比較穩定的。也有部分韻部發生了明顯的變化，如《張氏音括》的干官堅涓四個韻母，是《中原音韻》寒山、桓歡、監咸、先天、廉纖五個韻合併而成的。《中原音韻》的支思和齊微兩韻經歷了較為複雜混亂的演變，到了《張氏音括》時代合併、分化為舌尖元音和傀、祇、饑一套韻母。此外《中原音韻》中主要元音相同的一組韻母中，四呼的配合併不整齊，而到了《張氏音括》中，開齊合撮的配合已經完全成熟了。此外中古陽聲韻韻尾的歸併、入聲韻尾的歸併與消失的過程等都有所表現。具體變化情況可參看下表。

表 13　六部韻書韻母比較

中原音韻	韻略匯通	五方元音	韻學入門	七音譜	張氏音括
寒山 an / ian / uan	山寒 an / ian / uan	天 an / ian / uan	官間干捐 an / ian / uan / yan	安 an / ian / uan / yan	干官堅涓 an / ian / uan / yan
桓歡 on					
監咸 am / iam					
先天 iɛn / iuɛn	先全 iɛn / yɛn				
廉纖 iɛm					
真文 ən / iən / uən / iuən	真尋 nə / iən / uən / yən	人 ən / iən / uən / yn	根金裩軍 ən / iən / uən / yən	恩 ən / in / uən / yn	根巾昆君 en / in / uən / yn
侵尋 əm / iəm					
東鍾 uŋ / iuŋ	東洪 uŋ / iuŋ	龍 uəi / iəi / uən / yən	庚經公弓 əŋ / iəŋ / uəŋ / yəŋ	罌 əŋ / iŋ / oŋ / ioŋ	庚經公弓 eŋ / iŋ / uŋ / yŋ
庚青 əŋ / iəŋ / uəŋ / iuəŋ	庚晴 uŋ / iəŋ / uəŋ / yəŋ				
江陽 aŋ / iaŋ	江陽 aŋ / iaŋ	羊 aŋ / iaŋ	剛江光 aŋ /	昂 aŋ / iaŋ	岡薑光 aŋ

uaŋ	/ uaŋ	/ uaŋ	iaŋ / uaŋ	/ uaŋ	/ iaŋ / uaŋ
尤侯 ə / ue	幽樓 əu / ue uei	牛 əu / iou	勾鳩 ou / iou	歐 əu / iou	鉤鳩 əu / iəu
蕭豪 au / iau / iɛu	蕭豪 ɑu / iɑu	獒 ɑu / iɑu	高驕 ɔ / iɔ 覺 iɔʔ	敖 ɔ / iɔ	高嬌 au / iau
歌戈 o / io / uo	戈何 o / uo	駝 o / io / uo	戈歌 uo 郭各 uoʔ	阿 o / uo / yo 耶 ə / iə	歌結鍋訣 ə / iə / uə / yə
車遮 iɛ / iuɛ	遮蛇 iɛ	蛇 iɛ / yɛ	賒 iə 結 iəʔ 決 yəʔ 或 ueiʔ		
家麻 a / ia / ua	家麻 a / ua	馬 a / ia / ua	家瓜 ia / ua 戛 iaʔ 刮 uaʔ 葛 aʔ	瓦 ɑ / iɑ / uɑ	迦加瓜 a / ia / ua
皆來 ai / iai / uai	皆來 ai / iai / uai	豺 ai / iai / uai	該皆乖 ɛ / iɛ / uɛ	愛 ɛ / iɛ / uɛ	該皆乖 ai / iɛ / uai
支思 ï 齊微 i / i / uei	支辭 ï 灰微 ei / uei 居魚 i	地 ï / i / ui / y	資 ɿ / ʅ 一 iʔ 雞規 i / uei 國 uəʔ 格 eiʔ	伊 ï / i 威 ei / uei	貲 ɿ / ʅ 傀 uei 祇 ei 饑 i
魚模 u / iu	居魚 y 呼模 u	虎 u	居 y 玉 yʔ 姑 u 穀 uʔ	烏 u / y	居 y 孤 u

一、中古陽聲韻韻尾的變化

　　中古陽聲韻具有三種鼻輔音韻尾：-m、-n 和-ŋ。其中咸深攝收-m 尾，山臻攝收-n 尾，宕江曾梗通攝收-ŋ尾。到了現代漢語普通話中，-m 尾轉入-n 尾，這一過程的歷時變化在由《中原音韻》到《張氏音括》的歷時變化過程中的部分韻母表現中有所體現。

　　《中原音韻》的監咸、廉纖、侵尋三韻收-m尾，基本上維持了中古漢語陽聲韻三類韻尾的語音格局。但是實際語音中-m尾消亡的過程早就已經開始了，楊耐思先生曾舉唐代胡曾《戲妻族語不正詩》中「喚針將作真」「總道是天陰」的句子說明-m韻尾轉化為-n韻尾的過程在部分漢語方言中早就已經發生了。〔註35〕《中原音韻》中真文韻「牝、品」同音，寒山韻「煩、凡」同音，相混的字限於唇音聲母字，王力先生用「首位異化」的觀點解釋這一變化。但總體來看這還是方言現象，在反映通語的韻書中仍然保留有-m韻尾。此外反映口語語音「譯寫一切文字」的《蒙古字韻》中也有-m韻尾仍存在於元代漢語中的證據：「比如元代漢語裏深攝、咸攝的字有沒有-m收尾，過去爭論頗多，一查《蒙古字韻》，即可得到明確的答案，八思巴字一律寫作-m，這個-m在『蒙古字韻總括變化之圖』裏，注為『噙口』，跟p同類。」〔註36〕

　　《張氏音括》根巾昆君四個韻母（en / in / uən / yn）合併了《中原音韻》真文（ən / iən / uən / iuən）、侵尋（əm / iəm）兩韻，干官堅涓（an / ian / uan / yan）則合併進來了《中原音韻》監咸（am / iam）、廉纖（iɛm）韻。《中原音韻》的真文、侵尋韻在《韻略匯通》中合為真尋一個韻，寒山、桓歡、監咸韻在《韻略匯通》中合為山寒一個韻，先天、先全韻在《韻略匯通》中合為廉纖一個韻。這說明此時韻尾就已經發生了變化，-m韻尾轉入-n韻尾。《五方元音》到《張氏音括》也一直保存了這樣的韻尾格局，與今北方方言相同。《五方元音》《韻學入門》《七音譜》《張氏音括》等韻書的分韻情況反映了-m尾在北方官話語音中的消失。

二、撮口呼的形成

　　《中原音韻》的東鍾韻（uŋ / iuŋ）和庚青韻（əŋ / iəŋ / uəŋ / iuəŋ）分立，在《韻略匯通》中被稱為東洪uŋ / iuŋ、庚晴əŋ / iəŋ / uəŋ / yəŋ兩韻，仍然是分立的，但此時在《韻略匯通》中庚晴韻出現了撮口呼。到了《五方元音》中，兩韻合併成為龍韻əŋ / iəŋ / uəŋ / yəŋ，此時四呼之間的配合關係形成。《中原音韻》中先天、真文、魚模等韻的介音為複合元音iu，到了《韻略匯通》中就

〔註35〕楊耐思：《中原音韻音系》，北京：中國社會科學出版社，1981年版，第50頁。
〔註36〕楊耐思：《八思巴字研究》，載楊耐思編：《八思巴字和蒙古語文獻Ⅰ·研究文集》，東京：東京外國語大學，平成二年版，第56頁。

已經變為了 y 介音，也即撮口呼在《韻略匯通》時代就已經形成了。其後的《韻學入門》《七音譜》《張氏音括》等韻書中也都沒有 iu 複合介音，而是 y 介音，有了配合整齊的四呼體系。

三、入聲韻尾的消失

入聲既是一個聲調問題，又是一個韻尾問題，此處暫時只討論入聲韻的韻尾問題。中古時期的入聲韻帶有-p、-t、-k 韻尾，《中原音韻》中「夫聲分平仄者，謂無入聲，以入聲派入平上去三聲也」，可見《中原音韻》時代入聲已經發生了變化。楊耐思先生參照《蒙古字韻》《古今韻會舉要》等資料，認為《中原音韻》的入聲已經不帶-p、-t、-k 韻尾，一律承陰聲韻。〔註37〕李清恒先生根據《五方元音》中的內部材料證明《五方元音》時代北方入聲已經普遍消失，書中存在的入聲是遷就傳統韻書而導致的折衷的產物。〔註38〕《韻學入門》中也有入聲韻，一是配陽聲韻，這是存古的表現。二是配陰聲韻，可分為兩類，一類是出現在「對平仄法」中；另一類沒有出現在「對平仄法」中，這類入聲字跟出現在「對平仄法」中的入聲字是又讀關係。其入聲韻尾為喉塞音。〔註39〕《七音譜》中也沒有獨立存在的入聲韻，清入聲歸上聲，全濁入歸陽平，次濁入歸去聲。〔註40〕《張氏音括》中雖然列有入聲，但同時指出「按南音無陰平北音無入聲，蓋南於陽平轉作上聲，北於入聲有變有轉，俱消納於陰陽上去四聲之中」，由此可見當時的實際語音中並不存在入聲韻，入聲韻的韻尾已經完全消失了，併入相應陰聲韻中。具體到中古時期的入聲韻在《張氏音括》中究竟如何併入相應的陰聲韻，以及與之有關的「老國音」審音問題，張文煒專門予以申說：

> 按上乃悉談為齊一經音，而作其入聲字，概用直轉，惟於《廣韻》入聲各韻部分辨不清，任意雜廁，以致近出之國音字典據此切音，諸多不合。今以北音證之，則「迦」「瓜」兩字，入聲應作「戛」「刮」，韻收八點。「加」字入聲應作「腳」，韻收十藥。「結」「訣」

〔註37〕楊耐思：《中原音韻音系》，北京：中國社會科學出版社，1981 年版，第 54 頁。

〔註38〕李清恒：《〈五方元音〉音系研究》，武漢：武漢大學出版社，2008 年版，第 159 頁。

〔註39〕周賽華：《近代等韻綴補》，未刊稿，第 48 頁。

〔註40〕張樹錚：《清代山東方言語音研究》，濟南：山東大學出版社，2005 年版，第 253 頁。

兩字有入無平，此係借音，韻收九屑。「歌」「鍋」兩字入聲應作「各」
「郭」，韻收十藥。「饑」字入聲應作「葦」，韻收二沃。以上凡係直
轉，總得十音。此外，如「角」字與「甲」音、「矍」字與「菊」音、
「誡」字與「革」音，均屬異字同音。直轉之中，無從辨其輕重，
梵音收入，或別有取義，未敢強作解人，以示闕疑。

這也可以佐證，其時「北音」中的入聲韻已經消失輔音韻尾，而與相應的
陰聲韻產生混同。

四、韻類的合併與部分韻主要元音的變化

《中原音韻》的桓歡韻 on，到《張氏音括》中歸入官韻 uan。桓歡韻主要
元音的變化發生在《中原音韻》到《韻略匯通》的階段，在《韻略匯通》中主
要元音變為 a，此後直到《張氏音括》都保留了這一主要元音類型。

《中原音韻》的先天韻 iɛn／iuɛn、廉纖韻 iɛm，到《張氏音括》中也歸入
官韻 uan。在《韻略匯通》中這兩韻合併為先全韻，其主要元音仍為 ɛ，到
了《五方元音》中，先全韻與山寒韻合併成為天韻 an／ian／uan，主要元音變為 a，此
後直到《張氏音括》都保留了這一主要元音類型。

《張氏音括》的歌結鍋訣韻（ə／iə／uə／yə），來源於《中原音韻》的歌戈
韻（o／io／uo）和車遮韻（iɛ／iuɛ）。《中原音韻》歌戈韻有三類韻母，而到了
《韻略匯通》中變為戈何韻，只有 o／uo 兩類韻母。到了《五方元音》中，又
出現了 o／io／uo 三類韻母的語音格局，此時仍與來自《中原音韻》車遮韻的
蛇韻 iɛ／yɛ 存在對立。《中原音韻》中車遮韻的介音是複合元音 iu，到了《韻略
匯通》中 iɛ／iuɛ 兩類韻母合併為遮蛇韻 iɛ。但《五方元音》中蛇韻 iɛ／yɛ，又
出現了 i／y 的對立。這種現象的出現與入聲韻有關，陸志韋先生指出：「《匯通》
不收從入聲變來的 ɛ、uɛ 字，同《易通》。」《中原音韻》車遮韻的入聲字讀 iuɛ，
這部分入聲字在後來的變化中讀為 yɛ，但《韻略匯通》遮蛇韻不收入聲字，因
此沒有出現這類韻母。此外，這兩韻的主要元音在《五方元音》到《韻學入門》
的階段也發生了變化，在《韻學入門》中主要元音變為 ə，此後直到《張氏音
括》都保留了這一主要元音類型。

《中原音韻》的蕭豪韻 au／iau／iɛu，到《張氏音括》中變為高嬌韻 au／
iau。蕭豪韻主要元音的變化發生在《中原音韻》到《韻略匯通》的階段，到了

《韻略匯通》中減少了 ieu 類韻母。但值得注意的是，在《韻學入門》中又出現了兩類主要元音的對立：舒聲韻主要元音為 ɔ，入聲韻主要元音為 o，這種現象的出現與入聲韻所導致的異讀有關。《張氏音括》中這種異讀已經消失了，在韻類和音值兩方面都與普通話相同了。

《張氏音括》的迦加瓜韻 a／ia／ua 有三類韻母，與《中原音韻》家麻韻 a／ia／ua、《五方元音》馬韻 a／ia／ua、《七音譜》瓦韻 ɑ／iɑ／uɑ 對應整齊。但《韻略匯通》的家麻韻只有 a／ua 兩類韻母，沒有 ia 類，這與見開二 i 介音的產生有關。張玉來先生認為，「《韻略匯通》一二等字除喉牙音聲母外（k、kʰ、x、Ø），大部分合流了。喉牙音聲母的二等字同三四等合流也是一個大趨勢」，但是《韻略匯通》中「二等字的喉牙音並不都產生介音 i，與三四等合流，即使產生介音 i 的，其存在狀態也是搖擺的，因各個韻類的不同而顯示出其存在狀態的特點」，具體到家麻韻來看，「家麻喉牙二等字還沒有產生介音 i」。〔註41〕到《五方元音》中變為馬韻 a／ia／ua，就出現了 ia 類，此後直到《張氏音括》都保留了這樣的格局。

《張氏音括》該皆乖韻（ai／iɛ／uai）來源於《中原音韻》的皆來韻（ai／iai／uai），其中齊齒呼由 iai 變為 iɛ。《中原音韻》《韻略匯通》《五方元音》的相應韻部齊齒呼均為 iai，直到《韻學入門》才由 iai 變為 iɛ，此後直到《張氏音括》都保留了這樣的格局。導致 iai 向 iɛ 變化的原因可能是介音位置的 i 與韻尾位置的 i 相互衝突，加之元音高化的趨勢，兩者共同作用致使 iai 轉化為 iɛ。

《張氏音括》的「等外貼齒」音貲（ɿ／ʅ），來源於《中原音韻》的支思韻，但在由《中原音韻》向《韻略匯通》發展的過程中，這一變化較為複雜，牽涉到數個韻部的分化與重組。在《中原音韻》的支思韻（ï）在《韻略匯通》中改稱支辭韻，但其音值仍為 ï。齊微韻（ei／i／uei）分為兩部分，一部分成為了灰微韻（ei／uei），另一部分則成為居魚韻的一部分（i）。魚模韻（u／iu）同樣一分為二，一部分成為呼模韻（u），另一部分也成為了居魚韻的一部分（y）。這樣整體來看，由先前的三個韻發展為四個韻。隨後，《韻略匯通》的呼模韻（u）向前線性發展，在《韻略匯通》《五方元音》中一直保持此音值，《韻學入門》中將其按照舒聲和入聲的對立分為 u／uʔ兩類，最終成為《張氏音括》的孤韻

〔註41〕張玉來：《韻略易通研究》，天津：天津古籍出版社，1999 年版，第 105、第 109 頁。

（u）。除此之外的居魚、灰微、支辭三韻（此處採用《韻略匯通》的韻目，這三個韻目實際上具有四類不同的主要元音類型）在《五方元音》中被歸為地韻 ï / i / ui / y。到了《韻學入門》中，這幾個韻部又重新分立，《七音譜》對這幾個韻部的處理較之《韻學入門》為簡潔，分伊 ï / i、威 ei / uei、烏 u / y 三韻。《張氏音括》的分韻情況基本與《韻略匯通》一致，只是將《韻略匯通》灰微韻 ei / uei 一分為二成為傀 uei、祇 ei 兩韻，這樣的處理與普通話已經相同。

五、部分沒有發生變化的韻類

在由《中原音韻》向《張氏音括》發展的過程中，部分韻的範圍和音值都沒有發生明顯的變化。如《張氏音括》岡薑光韻（aŋ / iaŋ / uaŋ）由《中原音韻》江陽韻（aŋ / iaŋ / uaŋ）發展而來，這一韻自《中原音韻》到《張氏音括》沒有發生較大的變化，這與-ŋ尾對其主要元音的穩定作用有關。

《張氏音括》鉤鳩韻（əu / iəu）由《中原音韻》尤侯韻（uə / iəu）發展而來，處於中間階段的幾部韻書中主要元音存在 ə、o 的差異，但並未形成對立。由此來看，至少在韻的範圍上未發生改變。ə、o 的差異與不同擬音者對具體音位的處理方式不同有關，可以認為這一韻自《中原音韻》到《張氏音括》沒有發生較大的變化。

第三節　聲調的比較

《張氏音括》「五聲譜」、韻圖中都設有入聲，但同時又指出「北音無入聲」。李新魁先生認為這樣的處理與張文煒試圖兼包南北語音有關，「他所列的『入聲同用表』，以入聲韻兼配陰聲韻和陽聲韻，主要是指南音而言」。〔註42〕通過對《張氏音括》與其他相關韻書聲調系統的比較，可以觀察到近代漢語聲調演變的情況。

一、平聲的演變

《中原音韻》對調類的劃分「平分陰陽，入派三聲」，其中的「平分陰陽」將《切韻》音系的平聲字按照聲母清濁分為陰平、陽平兩類。《韻略匯通》則

〔註42〕李新魁：《談幾種兼表南北方音的等韻圖》，載《中山大學學報》1980 年第 3 期，第 103～112 頁。

將其聲調系統「分為平、下平、上、去、入（如果平聲不是平與下平對立，則只出現平）五個調類」，其中的「平」來源於《切韻》的清聲母平聲字，「下平」來源於《切韻》的濁聲母平聲字。〔註43〕《五方元音》平聲分為上平、下平兩類，「其中上平、下平所範圍的字與普通話陰平、陽平大致相當」。〔註44〕《韻學入門》的平聲也區分陰陽。《七音譜》「分聲調為四：上平、下平、上聲、去聲。即：陰平、陽平、上聲、去聲。比較中古四聲而言，清聲母平聲字歸陰平，濁聲母平聲字歸陽平」。〔註45〕《張氏音括》將平聲分為陰平、陽平，這一聲調系統與《中原音韻》一致，也與普通話、現代濟陽方言相同。

二、上聲的演變

濁上變去的變化出現的時代早於《中原音韻》時代，羅常培先生曾引用李涪《刊誤》中的例子證明其時全濁上聲與去聲已經混而為一了。〔註46〕但難以確證這種混同究竟是通語中的變化，還是李涪家鄉的方言情況。《中原音韻》中濁上變去的變化已經完成了，此後的《韻略匯通》《五方元音》《韻學入門》《七音譜》中全濁上聲也都已經派入去聲。《張氏音括》中選擇去聲例字時十分用心，儘量選擇來自中古去聲的字作為例字。但是通過與《切韻指南》《韻學入門》的比較不難發現，在實際語音中也是符合濁上變去規律的。

三、入聲的變化

《中原音韻》將入聲派入平、上、去三聲，沒有獨立的入聲類，但是周德清強調：「然言語呼吸之間，還有入聲之別」。楊耐思先生根據現代北方方言、《蒙古字韻》等材料認為《中原音韻》是存在入聲的，但是「可以推想，在《中原音韻》時期，中古的全濁入聲字實在有點近乎陽平聲字；次濁入聲字有點近乎去聲字；而清入聲字並不怎麼近乎上聲字」。〔註47〕陸志韋先生也認為《中原音韻》中有入聲，但其他諸家多認為《中原音韻》並不存在獨立的入

〔註43〕張玉來：《韻略易通研究》，天津：天津古籍出版社，1999年版，第118頁。
〔註44〕李清恒：《〈五方元音〉音系研究》，武漢：武漢大學出版社，2008年版，第159頁。
〔註45〕張樹錚：《清代山東方言語音研究》，濟南：山東大學出版社，2005年版，第253頁。
〔註46〕羅常培：《唐五代西北方音》，北京：科學出版社，1961年版，第127～128頁。
〔註47〕楊耐思：《中原音韻音系》，北京：中國社會科學出版社，1981年版，第62頁。

聲。《韻略匯通》中有入聲調類，張玉來先生認為其入聲尾是塞音尾-ʔ。〔註48〕
《五方元音》一書列有五個韻類：上平、下平、上聲、去聲、入聲，「入聲在
《五方元音》韻書表面上列有，實際上已經消失」，是樊騰鳳為了附會易學觀，
或受傳統韻書的影響而列有入聲。〔註49〕《韻學入門》中入聲韻還是獨立的，
書中一些入聲韻存在又讀音，這些又讀在今濟南方音中已經消失了，《韻學入
門》所反映的音系是當時濟南一帶的讀書音。〔註50〕可能在當時的讀書音系
統中仍然保留有入聲。《七音譜》中已經沒有了獨立存在的入聲調，說明其時
入聲已經消失。

具體到《張氏音括》來說，張文煒在「韻目」後加以按語，說明「北音」中
入聲的消失表現：

> 按南音無陽平，北音無入聲。蓋南於陽平轉作上聲，北於入聲
> 有變有轉，俱消納於陰、陽、上、去四聲之中。變轉者，謂如「七」
> 字本入聲，質韻清母字，北變作平聲支韻溪母之「欺」字。音之類
> 轉，如「十」字本入聲緝韻禪母字，北音轉作平聲支韻禪母之「時」
> 字。音之類舉此一端，以例其餘。

綜合來看，從《中原音韻》到《張氏音括》的發展過程中，平聲一直保持
平分二義的格局，全濁上聲派入去聲的情況也是一致的。而入聲的消失則是一
個較長的、漸變的過程，從《中原音韻》的保留獨立入聲調，到《韻略匯通》
的處理，直到《韻學入門》中反映的清中期濟南地區讀書音中仍然有獨立入聲
調的事實中可以看出入聲在北方語音中長期存在的事實，其消失也經歷了很長
時間。《張氏音括》中北音系統已經不存在入聲了，其聲調系統與今普通話、濟
陽方言已經十分接近。

〔註48〕張玉來：《韻略易通研究》，天津：天津古籍出版社，1999 年版，第 120 頁。
〔註49〕李清恒：《〈五方元音〉音系研究》，武漢：武漢大學出版社，2008 年版，第 159～
160 頁。
〔註50〕周賽華：《近代等韻綴補》，未刊稿，第 48 頁。

第六章 《張氏音括》對前代韻書的繼承

　　漢語韻書往往具有傳承關係，「韻書是代代相傳的。後世韻書常常是在前代韻書的基礎上編纂而成，或者是增修，或者是簡縮，或者是改併，或者是重編。」[註1]通過考察《張氏音括》與其中提及的明清時期其他韻書的相似與差異，可以幫助我們深入瞭解張文煒的音韻學思想，評判《張氏音括》的價值，也可以藉以釐清韻書源流。

第一節 《張氏音括》與前代韻書聲母系統

　　《張氏音括》與前代韻書之間的傳承關係，主要表現在其聲母系統上。據《張氏音括》中的內證可知，張文煒在潘稼堂《類音》、李如真《書文音義便考私編》、方以智《切韻聲原》的基礎上進行了改並，使之更加貼合時音面貌。

一、《張氏音括》對《類音》聲母系統的改進

　　《類音》為清代學者潘耒（一字稼堂，又字次耕、南村）所作的一部音韻學著作。《張氏音括》在探究聲母數量時曾與《類音》相比較：「又按潘稼堂《類音》五十內凡有母之音三十六，無母之音十有四。無母之音盡屬方音，方音之音無字可舉。」張氏此處認為《類音》中「有母之音三十六，無母之音十有四」

〔註1〕寧繼福：《古今韻會舉要及相關韻書》，北京：中華書局，1997年版，第38頁。

是存在問題的，其實《類音》中的有母之音當為三十五，無母之音當為十五。

《類音》第一卷「南北音論」中談及潘氏《類音》中審音、設立聲韻代表字時遵循的原則：「余豈以南人而阿南音，將以曉天下曰：『《類音》之音，非南音，非北音，乃人人本有之音』。」〔註2〕可知潘氏編制此書時是為了設立一個並包南北的綜合性語音系統。但潘氏過於強調地域因素導致的方音差異：「五方之民，風土不同，氣稟各異。其發於聲也，不能無偏，偏則於本然之音必有所不盡，彼能盡與不能盡者，遇常相非笑。」〔註3〕這導致潘氏所設立的五十聲母過分強調其差異，並在這樣的指導思想下對三十六字母進行了改動：「今以自然之陰聲陽聲審之，定為五十母。徹與穿、澄與床異呼而同母，知與照、娘與泥則一呼故刪之，非與敷亦異呼而同母，故去敷字而移奉以配非之陰聲。其群、疑、來、定、泥、日、床、邪、從、微、並、明十二母有陽無陰；則增舅、語、老、杜、乃、繞、朕、已、在、武、莽、美十二母為陰聲以配之。心母有陰無陽則以些字為陽聲以配之，其而字雖為獨音，然有平上去聲；有陰陽輕重；則居然一母，且韻書中多以而字出切者；謂古讀為如，未必然也。故增而母為陽聲，復增耳母為陰聲以配之。」從潘氏與三十六字母相較所增的十五聲母的拼合情況可以看出這種從分不從合的原則。現將《類音》五十聲母列表於下，其中與三十六字母相較，《類音》新增的聲母以粗體字標出：

表 14　《類音》的聲母系統

發音部位	喉 音	舌 音	齶 音	齒 音	唇 音
《類音》聲母	影曉匣喻見溪群疑**舅語**	來端透定泥**老耳而杜乃**	照穿床審禪日**繞朕**	精清從心邪**些已在**	幫滂並明非奉微**武莽美**

《類音》中新增聲母的理由在於陰陽相配，這勢必會造成與實際音系的脫節。趙蔭棠先生在對此書進行研究後認為，「惟增母一端，頗令滋惑。其增『舅』『杜』『朕』『在』『莽』於『群』『定』『床』『從』『並』，不知確是何意？……將聲母而牽及調，實有糾纏不清之弊。若依音理，則『乃』與『泥』，『美』與『明』，『老』與『來』，自可有清濁之變。但恐實際語言，未必如是。」〔註4〕

〔註2〕（清）潘耒：《類音》，收入《續修四庫全書》第 258 冊，上海：上海古籍出版社，2002 年版。

〔註3〕（清）潘耒：《類音》，收入《續修四庫全書》第 258 冊，上海：上海古籍出版社，2002 年版。

〔註4〕趙蔭棠：《等韻源流》，上海：商務印書館，1957 年版，第 187 頁。

通過對《類音》新增十五聲母的觀察可以發現，這些聲母只與上聲拼合，新增十五母與與之對應的原有聲母之前的語音對立其實是調類的對立，完全可以歸併為同一個音類。

《張氏音括》中對潘氏的這種做法提出了自己的異議，認為「方音之音無字可舉。陰平聲中如牙舌唇之第三與半舌半齒五音，欲證明其音非借陽平字轉之不可。陽平聲中如牙舌唇齒顎之首音，欲證明其音非借陰平字轉之不可」，認為這種差異的根源在於聲調的不同，並進一步給出了「辨清濁音表」，其內容為「按上即《類音》五十音某音歸某母所攝，某音由某母所轉，某音自某母所變。庶南北方音可以按圖考證。」由此可見張文煒的音韻學思想中具有現代音系學的某些雛形，如對音位的歸併便是其表現之一端。

二、《張氏音括》對《書文音義便考私編》聲母系統的改進

《書文音義便考私編》為明代人李登（號如真生）編制的一部韻書。《張氏音括》中列有「李如真二十二字母」，並認為「按如真所編字母施之於南音甚合，蓋北音於微母字概變作深喉濁音，與喻母字音同。南音則不然，輕唇自輕唇，深喉自深喉，二音迥然各別，惟輕唇各音《指南》《指掌圖》皆收入攝口。近章太炎氏所著《國故論衡》謂為吟嘯之聲，非語音也，良然。今讀音欲望圓足非，改從十二攝，歸入合口不可，故開口、齊齒仍各攝二十音，撮口仍攝十七音。獨合口各韻南音應每攝二十二音。」張氏認為《書文音義便考私編》有二十二聲母，而方以智則認為其聲母數應為二十一，「張洪陽定二十字。李如真存影母，括二十一字。」〔註5〕李新魁先生認為「又謂平聲用三十一母，仄聲則純用清母，為二十一聲母。可見其時全濁音已消失，平分陰陽，平聲之保留全濁音，只是誤以陽平聲調為全濁聲母而已。故聲母實為二十一類。」〔註6〕

《書文音義便考私編》的聲母分為平聲字母和仄聲字母兩類。在「平聲字母」中列舉了三十一聲類，「共三十一母，舊多知徹澄娘非五母。知重照，徹重穿，澄重床，娘重泥，非重敷，重母下字無非同音，不知其說，茲用三十有一

〔註5〕（明）方以智：《通雅》，中國書店影印清康熙浮山此藏軒刻本，北京：中國書店，1990年版，第602頁。

〔註6〕李新魁、麥耘：《韻學古籍述要》，西安：陝西人民出版社，1993年版，第236頁。

而足。」〔註7〕仄聲字母則可以根據「辨清濁」條目所言予以歸併，將時音中早已不存的濁聲母剔除：「清濁者如通與同，通清而同濁。荒與黃，荒清而黃濁是也。三十一母中，見幫端照精五母，皆有清而無濁。疑微明尼來日六母皆有濁而無清。除此十一母外，其溪與群，曉與匣，影與喻，敷與奉，滂與平，透與廷，穿與床，審與禪，清與從，心與邪十項，皆一清一濁，如陰陽夫婦之相配焉。然惟平聲不容不分清濁，仄聲止用清母悉可概括，故並去十濁母，以便從簡。」趙蔭棠先生認為李如真此處「把清濁與陰陽視而為一，所以牽及聲母之音值上。實際上，他在平聲所分的只是陰陽而不是清濁，所以他的濁母實在是多餘。這種模棱兩可的態度，恐怕與他的籍貫有關。」〔註8〕李如真的籍貫為江蘇上元（今南京市江寧區），其方言屬於今江淮官話洪巢片。江淮官話洪巢片方言古全濁聲母字今讀塞音塞擦音聲母時平聲送氣、仄聲不送氣。〔註9〕但是高本漢記載的 1940 年代南京方言中有些全濁塞擦音仄聲送氣，如「昨」「族」南京有 ts^h 的又讀。〔註10〕

這樣李如真的聲母系統實際上是二十一母，方以智之說是正確的。由此我們可以得到李如真的仄聲二十一聲母：

表 15　李如真仄聲二十一聲母

發音部位	喉牙音	唇　音	舌　音	齒頭音	正齒音
李如真聲母	見溪疑曉影	敷微幫滂明	端透泥來	照穿審日	精清心

《張氏音括》中列舉的「李如真二十二字母」則為「見溪疑端透泥幫滂明非敷微精清心照穿審曉影來日」，兩者相較可以發現導致這一數目差異的根源在於非母的有無。李如真在平聲字母中保留了「敷」母，但其仄聲字母中又把「敷」改為了「奉」，而《張氏音括》中則將「奉」易為「非」，同時又將李氏在「辨清濁」條目中明言應「並去十濁母」之一的「敷」母保留，造成了這種誤解。

〔註7〕（明）李登：《書文音義便考私編》，收入《續修四庫全書》第 251 冊，上海：上海古籍出版社，2002 年版。

〔註8〕趙蔭棠：《等韻源流》，上海：商務印書館，1957 年版，第 213 頁。

〔註9〕劉祥柏：《方以智〈切韻聲原〉與桐城方音》，載《中國語文》2005 年第 1 期，第 65～74 頁。

〔註10〕（瑞典）高本漢著、趙元任等譯：《中國音韻學研究》，北京：商務印書館，2014 年版，第 379 頁。

　　由《張氏音括》中對《書文音義便考私編》的評論「蓋北音於微母字概變作深喉濁音，與喻母字音同」可知，其時北方方言中微母字已然變為零聲母，與喻母合流。此外張文煒對唇音字的討論也值得關注，「南音則不然，輕唇自輕唇，深喉自深喉，二音迥然各別，惟輕唇各音《指南》《指掌圖》皆收入撮口。」可知張文煒對於唇音的開合口問題存在著一定的疑問。

　　高本漢關注到唇音聲母字的特殊反切行為，以及《切韻指掌圖》中對唇音聲母字的安排方式，認為中古唇音聲母實際上是「撅著嘴說的」，這種撮唇的唇音聲母會帶有撮口的特色。〔註11〕李榮則對此持不同觀點，認為「開合韻開合的對立限於非唇音聲母，對於唇音聲母講，開合韻也是獨韻，即唇音字沒有開合的對立。」〔註12〕趙元任也認為唇音不分開合口，「從我們辨字的區別的觀點看，真正的合口唇音字如 p^wuat 和可謂假合口的唇音字如 p^wat 這樣的對立，是不是有過？翻遍全部唇音字的反切，就會發現開口與合口唇音字最小對立的對子少得驚人。」〔註13〕楊劍橋也認為唇音不分開合口，並認為高本漢給出的重唇變輕唇的分化條件——合口三等也難以解釋唇音字的演化，重唇演變為輕唇的條件是 i 介音後接央後元音。〔註14〕張文煒對唇音字發音方法的關注，雖未觸及輕重唇演化的音變過程，但是關注到南北音在唇音字發音方法上的不同。潘悟雲認為中古唇音沒有開合對立，並不等於它們的實際音值就沒有開合之分。更進一步指出唇音字的開合分類與現代方言中唇音字的音韻行為相一致。中古的同一個韻如果因為開合不同在方言中分為兩個不同的韻類，唇音字的演變方嚮往往依據於宋人韻圖的開合分類。〔註15〕楊劍橋也認為一個音變是否成功，最終取決於使用該語言的社會，吳方言、閩方言至今猶存大量重唇音，就是這一緣故。〔註16〕由此來看南北方音的唇音聲母在發音特色上確實存在差異，張文煒對於《書文音義便考私編》中輕唇音聲母的發音方法問題的探討，顯示了其在審音方面的精細。

〔註11〕（瑞典）高本漢著、趙元任等譯：《中國音韻學研究》，北京：商務印書館，2014 年版，第 42 頁。

〔註12〕李榮：《切韻音系》，北京：科學出版社，1956 年版，第 134 頁。

〔註13〕趙元任：《中古漢語的語音區別》，轉引自楊劍橋《漢語現代音韻學》，上海：復旦大學出版社，2012 年版，第 19 頁。

〔註14〕楊劍橋：《漢語現代音韻學》，上海：復旦大學出版社，2012 年版，第 112～114 頁。

〔註15〕潘悟雲：《漢語歷史音韻學》，上海：上海教育出版社，2000 年版，第 69～71 頁。

〔註16〕楊劍橋：《漢語現代音韻學》，上海：復旦大學出版社，2012 年版，第 114 頁。

三、《張氏音括》對《切韻聲原》聲母系統的改進

《切韻聲原》為明代方以智所作，收入其《通雅》中，為《通雅》第五十卷。《張氏音括》中列有「方以智二十字母」，並對方以智的聲母系統提出了自己的觀點：「按陰平聲遇疑泥明來日五母均屬有音無字之位。從字本濁母，應作清字。微母在北音並喻為深喉音之陽平聲，此位應作影字。」

方以智根據時音認為聲母數「中土用二十母足矣」〔註17〕，對聲母進行了歸併。並將聲母按照發音部位和發音方法分為「發」「送」「收」三類，李新魁先生對方氏的歸併情況進行了概括。〔註18〕現結合李新魁先生的分析，將《切韻聲原》聲母系統整理如下：

表16 《切韻聲原》聲母系統

見	溪群	疑影喻	端	透定	泥娘
幫	滂並	明	精	從清	心邪
知照	穿徹澄床	審禪	曉匣	夫非奉	微
來	日				

《張氏音括》中對方以智系統進行了辨析，認為《切韻聲原》中設立的從母不符合語音演變的規律。從母為中古全濁聲母，在濁音清化的大背景下應以「清」為其代表字。同時認為北音系統中的微母與喻母合流為「深喉音之陽平字」，《切韻聲原》中設立的零聲母代表字「微」應替換為「影」。張文煒的這一觀點很明顯代表了清末民初北方官話中微母字的語音表現，但縱觀《切韻聲原》所收錄的中古微母字，卻可以發現或可作別解。

《切韻聲原》雖設有獨立的微母，但其收字很少。據孫宜志的統計，《切韻聲原》中的微母字僅有圖2所收「誣無舞務勿」、圖3所收「微尾味」、圖5所收「文問物」和圖7所收「萬襪」，共計13字。〔註19〕且書中還有誤收字的情況，如疑母下收有「晚」字，案「晚」無遠切，當為微母，此處顯為誤收。導致這種誤收的原因在於方以智受到桐城方音的影響，在桐城方音中微母與

〔註17〕（明）方以智：《通雅》，中國書店影印清康熙浮山此藏軒刻本，北京：中國書店，1990年版，第601頁。
〔註18〕李新魁、麥耘：《韻學古籍述要》，西安：陝西人民出版社，1993年版，第256頁。
〔註19〕孫宜志：《方以智〈切韻聲原〉與桐城方音》，載《中國語文》2005年第1期，第65～74頁。

影母和疑母的合口洪音字、喻母合併，今讀為零聲母。〔註20〕由此可見，在方以智的時代這種變化尚未完成，仍有一部分微母字未完成由濁擦音向半元音的轉化。而到了《等韻圖經》的時代，微母才與影母字合流。職是之故，《切韻聲原》中對微母字的處理並非是方以智審音不精所致的疏漏，而是反映了微母音變過程中的中間狀態或曰階段性特徵。

第二節 《張氏音括》對《韻法直圖》韻母系統的繼承與發展

《張氏音括》並未直接點明其韻母系統與前代韻書的關聯，也未對其他前代韻書的韻母系統進行點評。但從此書韻目字的選擇、韻圖的編排、等呼的稱名、舌尖元音的排列等特點來看，可以發現其與《韻法直圖》關係密切。

目前所見的《韻法直圖》多是被梅膺祚收入《字彙》中予以刊行者，因而流佈較廣。由梅膺祚在《韻法直圖》前的序言「壬子春，從新安得是圖，乃知反切之學人人可能者」可知，此圖是梅膺祚於江西新安得到的韻圖，但並未知其作者信息。事實上，直到現在也沒有確定此書的真實撰作者。由於《韻法直圖》流佈較廣，因而後世的許多韻書也往往在其基礎上予以改訂，或以《韻法直圖》作為編寫參照。據李新魁先生研究，明清兩代至少有十六部韻書乃仿照《韻法直圖》而作。而通過對《張氏音括》的分析來看，此書也應是《韻法直圖》系韻書。

一、《張氏音括》與《韻法直圖》的關係

（一）由韻目字的選擇看《張氏音括》與《韻法直圖》的關係

後代韻書對前代韻書的繼承和參照往往表現在諸多方面，而採用前代韻書的韻目字是其中最為常見的方式之一。如畢拱辰《韻略匯通》在對蘭茂《韻略易通》進行改並時，雖然對蘭書的部分韻目進行了歸併，但剩餘韻目仍然沿用蘭氏稱呼。《張氏音括》的韻目選擇也有這樣的特點，通過與明清時期其他韻書的比較可以發現，此書的韻目與明清時期部分對《韻法直圖》進行改並或採用《韻法直圖》韻目而成的韻書十分相似。通過與《韻法直圖》和《五聲反切正

〔註20〕孫宜志：《方以智〈切韻聲原〉與桐城方音》，載《中國語文》2005 年第 1 期，第 65～74 頁。

韻》《翻切簡可篇》《等韻易簡》等《韻法直圖》系韻書在韻目字選擇上的比較，可以看出《張氏音括》對《韻法直圖》的承嗣關係。表格中六部明清韻書的相關材料均來自耿振生《明清等韻學通論》。

表 17 六部明清韻書韻目字比較

	開口呼	齊齒呼	合口呼	撮口呼
《張氏音括》	祇歌鉤庚根迦該高岡干	饑結鳩經巾加皆嬌薑堅	孤鍋傀公昆乖光官	居訣弓君涓
《韻法直圖》	岡庚根簪資該拿迦沱戈歌干甘高	驕基京巾金局江皆嘉堅兼艱監交鳩	公裩光觥規姑乖瓜官關鉤	居弓鈞涓
《五聲反切正韻》	岡茲該根干高歌他鉤	薑基皆斤堅交家耶鳩	公光歸孤乖昆關鍋瓜	穹居君捐嗟
《翻切簡可篇》	高該鉤歌岡干根庚迦	江經交鳩加堅金皆饑結	光官工昆傀乖鍋孤瓜	弓涓君居訣
《等韻易簡》	庚干根岡該資拿迦高歌鉤	京堅巾江基皆嘉驕鳩	公官裩光乖規姑瓜鍋	局涓鈞居

由韻目字來看，《張氏音括》與《五聲反切正韻》《翻切簡可篇》《等韻易簡》具有很強的一致性，也應是《韻法直圖》系韻書。特別值得注意的是，汪家玉為《張氏音括》所作序言中曾提及《翻切簡可篇》：「曾見含山張燮承所著《翻切簡可編》，當時已稱精和，以視先生所編，其嚴謹縝密有過之而無不及也」。但比較《張氏音括》與《翻切簡可篇》可以發現，兩者在聲母數量、韻圖代表字選擇等方面都存在不同，特別是《翻切簡可篇》韻圖中填有合適例字的部分位置，《張氏音括》因未找到合適例字而以◆或○予以填充，可見張文煒並未參照《翻切簡可篇》，或者是雖曾參照此書，但並不認同其辨音排字的成果。此外序言中的「有過之而無不及」，似乎也蘊含著兩書之間的關係是祖本相同，而非《張氏音括》繼承《翻切簡可篇》的關係。結合《韻法直圖》以及附有《韻法直圖》的《正字通》一書在明清時期廣為流傳的事實來看，《張氏音括》參照《韻法直圖》的可能性大於參照其他《韻法直圖》系韻書的可能性。

（二）由韻圖的編排方式看《張氏音括》與《韻法直圖》的關係

通過比較不難看出，《張氏音括》與《韻法直圖》在韻圖的編排方式上十分相似。兩圖均以豎列聲母，橫列聲調的方式予以編排。對於有音無字者，兩圖

均採用畫〇的方式予以標明。

在韻系的排列上，兩書雖然排列順序存在差異，但其韻系之間的對應關係還是較為明晰的。《張氏音括》分三十四韻，又設立了「等外貼齒」和「等外捲舌」兩類，轄「貲」「而」兩韻，合計三十六韻，分列於三十六張圖中，韻目大多採用見系字。《韻法直圖》則分四十四韻，分列於四十四圖中，其韻目亦多採用見系字。其中《張氏音括》較之《韻法直圖》所減少的十韻是張文煒以清末官話語音為依據對《韻法直圖》的部分韻圖予以歸併的結果。

由此來看，《張氏音括》在韻圖編排上明顯帶有傚仿《韻法直圖》的痕跡，二者的韻圖編排方式具有較強的一致性。

（三）由等呼的稱名看《張氏音括》與《韻法直圖》的關係

《韻法直圖》在處理韻母相關問題時只採用「呼」這一原則，而不稱「等」，李新魁先生認為這樣的處理方式「表明宋元時期『等』的觀念至此已完全廢棄，代之而起的是『呼』的概念」。〔註21〕嗣後的諸多韻書也沿襲這樣的處理方式，以「呼」作為分析韻母的結構形態，《張氏音括》亦不例外。

《張氏音括》除卻採取「呼」的分析方法與《韻法直圖》相通外，在具體處理方式上也深受其影響。《張氏音括》以呼分圖，一張表上只列同一呼的字，這與《韻法直圖》的處理方式是相同的。

（四）由舌尖元音的處理看《張氏音括》與《韻法直圖》的關係

《張氏音括》與《韻法直圖》在舌尖元音的處理方式上也是相同的，均將其分列出來，以「貲」這一獨立韻目作為舌尖元音的代表，收錄來自止開三支、之、脂三韻的精、照組字。這種處理方法和韻目字的選擇也是十分一致的。

綜合上述分析來看，《張氏音括》與《韻法直圖》之間存在著繼承或傚仿的關係，在韻書體例和內部處理方式上都有著諸多相似之處，這說明《張氏音括》在創制過程中曾參照《韻法直圖》或其他《韻法直圖》系韻書。

與聲母相較，《張氏音括》對《韻法直圖》的傚仿主要表現在韻母方面，但張文煒並未像聲母部分一樣點明自己創制過程中曾參照或持有異議的其他韻書之名。出現這一現象的原因或許是《韻法直圖》系韻書在明清兩代甚為流行，模仿其體例、內容者甚多，因而張文煒認為可以不必點明。

〔註21〕李新魁：《漢語等韻學》，北京：中華書局，1983 年版，第 71 頁。

二、《張氏音括》與《韻法直圖》韻母體系的差異

前文通過比較，已經臚列了《張氏音括》與《韻法直圖》在韻母方面的相同點，並指出其原因在於《張氏音括》對《韻法直圖》的仿照。但張文煒在參照《韻法直圖》編寫韻母部分時，也結合實際語音情況對《韻法直圖》體系進行了修改，體現出一定的差異性。

（一）韻圖圖次方面的差異

《張氏音括》分三十四韻，又設立了「等外貼齒」和「等外捲舌」兩類，轄「貲」「而」兩韻，合計三十六韻，分列於三十六張圖中，韻目多用見系字。《韻法直圖》則分四十四韻，分列四十四張圖中，韻目亦多用見系字。除卻數量的差異，在韻圖的圖次方面也有著差別。

《張氏音括》在韻圖開頭和「三十四音開合對音表」處均採用「舉平以賅上去」的方法，只列陰平作為韻目字，而不將與之相配的陽平、上聲、去聲韻列出。《韻法直圖》則在韻法目錄羅列韻目，無入聲韻的韻則在入聲處以○代之。除此之外，兩書的韻目排列順序也存在差異，具體情況可參照下表。

表 18 《張氏音括》與《韻法直圖》韻目排列順序比較

《張氏音括》		《韻法直圖》	
韻　目	圖　次	韻　目	圖　次
祴	1	格	7
歌	2	歌笴個	31
鉤	3	鉤苟構	43
庚	4	庚梗更	7
根	5	根頣艮	8
迦	6	迦○○	28
該	7	該改蓋	23
高	8	高杲誥	41
岡	9	岡㲹抓各	2
干	10	干稈干革	34
饑	11	基己寄吉	4
結	12	結	35
鳩	13	鳩九救	44
經	14	京景敬戟	9

巾	15	巾緊靳	10
加	16	嘉賈駕	26
皆	17	皆解戒	24
嬌	18	驕矯叫	3
薑	19	江繈絳	18
堅	20	堅繭見	35
孤	21	姑古顧	20
鍋	22	戈果過	30
傀	23	規詭貴	19
公	24	公頸貢穀	1
昆	25	褌衰睔骨	15
瓜	26	瓜寡卦	25
乖	27	乖拐怪	22
光	28	光廣誑郭	16
官	29	官管貫括	32
居	30	居舉據	5
訣	31	覺	18
弓	32	弓拱供菊	6
君	33	軍窘君橘	13
涓	34	涓卷絹厥	33
貲	35	資子恣〇	21
而	36		
		金錦禁急	11
		簪〇譖戢	12
		肩迥煚鶪	14
		觥礦〇國	17
		挐絮胯	27
		溗〇〇	29
		兼簡劍頰	36
		關〇慣刮	37
		艱簡諫戛	38
		甘感紺閣	39
		監減鑒夾	40
		交絞教	42

（二）韻圖符號方面的差異

《張氏音括》的韻圖設計較為簡潔，「凡無母無字而有音者作◆，凡有母有音而無字者作〇，凡無濁音而借用清音者或字或〇均列旁行」。除此之外沒有其他符號以作標識。而《韻法直圖》則設計了更多的符號用以代表不同的含義，如以「〇」表示有音無字的音節，這與《張氏音括》的處理是相同的。同時，《韻法直圖》中還有未見於《張氏音括》的特殊符號。如「下與上同以『乚』代之」、「圖中有聲無字而借字之音相似者填於圖內，則用『口』以別之，學者依『口』內字熟讀，久之則『口』中本音自然信口發出，而借填近似之字不必用矣。後仿此。」

（三）韻母數量方面的差異

在分析韻目圖次差異時所進行的比較已經展現出了《張氏音括》和《韻法直圖》在韻母數量方面的差異，導致這種差異出現的原因是多方面的。

1.《張氏音括》對《韻法直圖》部分韻圖的歸併

《張氏音括》較之《韻法直圖》所減少的韻目中，有相當部分的被減少韻目在實際讀音中已經與《張氏音括》中所保留的部分韻目讀音一致，於是張文煒將這些在實際讀音中已經相同因而出現重出現象的韻圖予以歸併。通過對《韻法直圖》觥韻、公韻、弓韻、局韻和《張氏音括》公韻、弓韻之間關係的個案討論，可以明顯地看出這一特點。

《韻法直圖》公、觥、弓、局四韻分立，將其排列比照於下，可以看出四韻之間的關係。為便於閱讀比較計，原書中以「乚」符號標識「下與上同」者，下文概以其當用字代之，每韻自上而下四行按照平上去入四聲排列，自左而右按照《韻法直圖》三十二聲母順序排列。

公韻

公空頏峫東通同龓〇徍蓬蒙鬆匆叢松〇中充崇春鱅烘紅翁〇風馮〇〇隆戎
頼孔空空董統動穠㙯〇埲蠓總襡襡竦竦腫寵寵〇〇哄嗊翁翁捧捧〇〇隴冗
供控控〇凍痛痛䏣〇〇〇夢粽謥毃送送眾銃銃〇〇烘泵甕甕諷鳳〇〇弄〇
穀酷酷𣪠篤禿獨僗卜撲僕木租蔟族速速祝畜畜縮熱忽斛沃沃福伏〇〇祿辱

按：公韻後有小注注明「本韻合口呼」。

觥韻

觥鍠○○○○○○崩烹彭盲○○○○○○○○○鍧橫泓○○○○○

礦畍界○○○○○袴鄨搒猛○○○○○○○○澋澋泂泂○○○○○

○○○○○○○罃䌵並孟○○○○○○○轟橫𬤝𫓧○○○○○

國硘趯○○○○○○○○○○○○○○○○○畫或獲嚄○○○○○

按：觥韻後有小注：「崩烹彭盲，《橫圖》屬庚韻，此圖合口呼。若屬庚韻，則開口呼矣。二圖各異，或亦風土囿之與。」

弓韻

弓穹窮顒冬烔彤農○○○叢蹤蓯從松松○○○○○胸雄雍容○○○龍○

拱恐㮇○○○○○○慫○○悚○踵沖○𤎖䈴洶洶擁勇○○○○○

供恐恐岭○統○○○○○夢縱從從宋頌眾銃𡾋○○呴呴饗用○○○○○韄

匊曲曲玉○○○魶○○○目足促蹙夙續祝觸牘束孰旭旭郁育○○○○六肉

按：弓韻後有小注：「本圖首句四聲惟『窮』字合韻，余及縱、從等字若照漢音當屬公韻，今依《洪武》等韻收在本韻，則讀弓字，似扃字之音。」

扃韻

扃傾瓊○○○○○○○○屨○○駉○○○○○○兄詗縈濚○○○○○

炯頃頃○○○○○丙頩並酩○○○○○○○○○詗迥瀅永○○○○○

㯧○○○○○○○○病命○○○○○○○○○瑩詠○○○○○

𥇜睘闃○○○○○○○○○○○○○○○○○○殈殈○○○○○○

按：扃韻後有小注：「混呼」。

由列字來看，公韻所收舒聲字除去極個別生僻如頨等《廣韻》失收字外，均來自通攝合口一、三等。而其與之相配的入聲穀韻中則有個別來自遇攝、臻攝的字混入，如組、忽，這應當反映了當時的實際語音變化。觥韻所收舒聲字主要來自梗攝開合口二等、曾攝開口一等，與之相配的入聲國韻來自曾梗攝入聲。公韻來自中古通合三的字均屬知莊章組、非組和來、日母。葉寶奎曾根據明清時代韻書中的聲韻拼合表現指出，「知莊章聲組晚至明末清初仍是洪細兩配的，大體上明代官話音 tʃ、tʂ 作為同一音位的兩個條件變體而存在，清代音系中伴隨著介音 i-的丟失，知莊章三等韻漸次轉為洪音，清代後期知莊章三組內部的細微差別消失，它們不再與細音拼合，全部變讀舌尖後音。」〔註22〕而

〔註22〕葉寶奎：《明清官話音系》，廈門：廈門大學出版社，2001 年版，第 296 頁。

通合三的非組字、來日母字也讀為洪音，這樣公韻所收入的三等字隨著時間的推移就逐步全部轉變為洪音了。同時，雖然觥韻收有開口字，但這些開口字實際上都是不分開合的唇音字。隨著曾梗攝合口洪音和通攝洪音的合流過程，公韻和觥韻也就合流了，因而《張氏音括》中設公韻而未設觥韻。

弓韻和扃韻的情況與之類似。《韻法直圖》中的弓韻舒聲字均來自中古通攝一等冬韻和三等東、鍾韻，由弓韻後小注可知此韻為撮口呼，那麼冬韻字的歸入就頗可懷疑了，此處姑且存疑。與之相配的入聲氣韻來自通攝入聲。扃韻舒聲字來自中古梗攝合口三、四等，與之相配的入聲趨韻來自梗攝入聲，由此可知扃韻是以中古梗攝來源為主的韻部。隨著曾梗攝和通攝主元音的合流，弓韻和扃韻也就合併為一了，因而《張氏音括》中設弓韻而未設扃韻。此外由弓韻後的小注「今依《洪武》等韻收在本韻，則讀弓字，似扃字之音」可以看出，當時的實際語音中這種變化已經開始了，《韻法直圖》的處理不過是泥於古音的表現。扃韻後注文提出的「混呼」問題亦可以作為這一觀點的佐證，梗通兩攝合併開始的時間可能比《韻法直圖》的時代更早。

與之類似的韻目歸併情況還有《韻法直圖》官韻與關韻在《張氏音括》中被歸併為一形成新的官韻、《韻法直圖》甘韻與干韻在《張氏音括》中被歸併為一形成新的干韻等。這種歸併反映了明清官話語音發展過程中韻母的發展軌跡。

2.《張氏音括》所反映的促聲舒化現象

促聲舒化也是《張氏音括》較之《韻法直圖》韻目數量減少的原因之一。《韻法直圖》中保留入聲與陽聲相配的語音格局，而《張氏音括》依照時音特點對入聲韻進行了歸派。部分在《韻法直圖》中存在的入聲韻，在《張氏音括》中與相應的舒聲韻合為一韻。

3.《張氏音括》與《韻法直圖》對捲舌元音的不同處理方式

《韻法直圖》中未設捲舌元音，《張氏音括》專設而韻代表捲舌元音，這種表現與捲舌元音的發展歷程有關。捲舌元音與日母字關係密切，通過考察兩書中日母字的表現可以對捲舌元音的相關問題有更為明晰的認識。

《韻法直圖》中的「兒系字」列在資韻日母中，但並不能以此為據認為這部分字仍保留日母拼舌尖元音的特點，還未出現捲舌化。成書於明末的《切韻

聲原》就已指出「兒在支韻，獨字無和」，因此捲舌元音在明代就已形成，《韻法直圖》的處理是存古或為了韻圖體例整齊的考慮。《張氏音括》則將捲舌元音獨立，這種處理所反映的應當是捲舌元音的愈加深入人心。

三、《張氏音括》與《韻法直圖》韻目差異反映的韻母發展

《張氏音括》的韻母系統與《韻法直圖》相似之處甚多，但也存在差異，這種差異可以反映明清時期的韻母發展特點。概括來看，主要表現為以下三個方面：

1. 韻部進一步合併，如上文中曾討論的曾梗通三攝主要元音的合流所導致的韻母歸併。

2. 入聲韻逐漸消失。《韻法直圖》中仍設有與舒聲韻相對應的入聲韻，《張氏音括》中則已經明確提出「南音無陽平，北音無入聲」。

3. 捲舌元音進一步成熟，逐步深入人心，有必要為其獨設韻目。

第三節 《張氏音括》與前代韻書聲調系統

相比於聲母、韻母系統特點，若想找尋《張氏音括》聲調系統與前代韻書的關聯，難度是較大的。這是因為與表現形式較多、個性化色彩也較強的聲母系統、韻母系統相比，聲調系統更多地呈現出一種規制性的特點。由於可能出現的配合形式數量較少，因此相當數量的韻書、韻圖在聲調系統設計方面都有著或多或少的相同點，難以確證其間的相似之處究竟是二書之間的關聯，還是「閉門造車，出門合轍」。有鑑於此，對《張氏音括》聲調系統的考論無法確證其究竟與哪一部或哪幾部前代韻書存在著聲調系統上的直接關係，僅能找到聲調系統類型上的相似之處。

一、《張氏音括》與其他明清時音韻書聲調系統的相似性

明清時期出現的時音韻書韻書無論是在數量，還是形式的多樣性上都是蔚為大觀的。但縱觀這些著作不難發現，與聲母、韻母系統或韻書體例的多樣性表現所不同的是，它們的聲調系統表現往往有著較多的相似之處。

1. 聲調的數量

聲調數量的差異，實質上反映了對聲調系統的理解與處理方式上的差異。

耿振生先生曾歸納明清時期等韻學著作的聲調數量，將其與《張氏音括》相較，可以從中找尋到與《張氏音括》相類的著作。

表19　明清等韻著作聲調數量類型

聲調數	調　類	舉　例
四	陰平、陽平、上聲、去聲	《等韻圖經》《三教經書文字根本》《音韻逢源》《切法指掌》《七音譜》
	平聲、上聲、去聲、入聲	《書文音義便考私編》《泰律篇》《韻法直圖》《類音》
五	陰平、陽平、上聲、去聲、入聲	《同音字辨》《元韻譜》《五方元音》《切韻聲原》《張氏音括》
六	陰平、陽平、上聲、去聲、陰入、陽入	《交泰韻》

《張氏音括》採用五聲調系統。清季採用這種陰陽上去入五聲系統的韻書數量最多[註23]，因而難以確證張文煒在創制的過程中究竟參照哪一部或哪幾部韻書做出了這樣的設計。但通過對張氏曾參照的幾部韻書《書文音義便考私編》《類音》《切韻聲原》的考察可知，《張氏音括》的聲調系統設計與《切韻聲原》相同，或許曾受到此書的影響。但《張氏音括》的聲母和韻母與《切韻聲原》相差較大，這與張文煒不認可方以智對聲母、韻母的某些處理方式有關。《切韻聲原》的二十字母有「從」和「微」，張文煒不認同《切韻聲原》這兩個聲類，認為「從字本濁母，應作清字」，「微母在北音並喻為深喉音之陽平聲，此位應作影字」。可見張文煒既對《切韻聲原》處理方式上的某些技術層面問題予以改進，又對《切韻聲原》審音提出了異議，對微母與影母在時音中的變化提出了異於方以智的觀點。此外《切韻聲原》將中古知莊章聲母合為「知穿審」一組，《張氏音括》則以「照穿審」作為這一組聲母的代表字，應當是張文煒考慮到聲母之間中古來源的整齊性所為。

《張氏音括》的韻母系統也與《切韻聲原》有著明顯的不同。《切韻聲原》設置了十六攝：翁雍、烏於、噫支、隈挨、昷恩、歡安、灣閒、淵煙、呵阿、呀挪、央汪、亨青、燋夭、謳幽、音唵、淹咸，每攝內部分為「翁闢穿撮」四呼。四呼的稱名與邵雍的稱名相類，且將其與方位相聯繫，帶有一定的神秘主義色彩。而《張氏音括》則設三十四韻母，為每一韻的不同呼都設立了代

〔註23〕耿振生：《明清等韻學通論》，北京：語文出版社，1992年版，第152頁。

表字。《張氏音括》聲母韻母方面與《切韻聲原》的不同，原因在於張文煒對語音系統的理解較之方以智更為準確。

2. 調類的設置

《張氏音括》設陰陽上去入五個聲調，同時又指出「南音無陽平，北音無入聲」，可見《張氏音括》所設的五個調類是一種綜合音系的體現，並不是記載了一個實際方言點的語音情況。這種設置方式屬混合型音系，是從南北各地的方言中或古韻書韻圖中取材，加以折衷取捨而成的。〔註 24〕這種兼顧南北方音特徵的韻書在明清時期也不鮮見，如《李氏音鑒》就「悉以南北方言兼列」，同時在《北音入聲論》中指出「夫屋者，韻列一屋，乃入之首也。而北音謂之曰烏，此以入為平矣」，可知其時北音中入聲已經消失。《張氏音括》的調類設置與此類似，帶有明清時期綜合音系韻書的共同特點。

二、《張氏音括》聲調系統的創新

《張氏音括》聲調系統在借鑒明清韻書聲調系統安排的基礎上，又根據時音特點進行了改進，呈現出創新特點。而其中最為明顯之處，便是取消了北音系統的入聲。

明清韻書中對入聲的處理通常是帶有守舊色彩的，即使在清末民初北音實際口語音中入聲早已消失的情況下，韻書編寫者往往將入聲獨立。民國老國音中仍然保存入聲，葉寶奎先生認為這意味著原有的入聲字讀音在老國音中仍較短促，甚至可能存留喉塞音韻尾-ʔ。〔註 25〕1913 年初，讀音統一會召開會議，各省代表審定了 6500 字的讀音，編成《國音彙編草》，此書係各省代表協商討論確定，並非內部一致的單一音系。《國音彙編草》並未馬上公布，後在此基礎上繼續增加字數，最終於 1919 年由商務印書館出版了第一版《國音字典》，因而《國音字典》的注音也未採用北京音系。錢玄同等三人對初版《國音字典》進行校改，編成《校改國音字典》，於 1921 年出版。《校改國音字典》對《國音字典》的注音進行了一定程度的修訂，但仍然沒有完全採用北京音系注音。國語詞典編纂處於 1924 年底決定普通話以完整的北京音為標準，這也是官方

〔註 24〕耿振生：《明清等韻學通論》，北京：語文出版社，1992 年版，第 140 頁。
〔註 25〕葉寶奎：《明清官話音系》，廈門：廈門大學出版社，2001 年版，第 312 頁。

首次明確提出以北京音作為標準音。〔註 26〕在此次增修的國音字典稿本基礎上，以國語羅馬字排列單字編成了《國音常用字匯》一書，於 1932 年出版，此書將入聲併入陰陽上去四聲，反映了北京音的實際面貌。而出版於 1921 年的《張氏音括》，早在國語統一籌備會確立以北京音為正音標準、將入聲併入陰陽上去四聲之前就已提出「北音無入聲」，並認為「近出之國音字典據此切音，諸多不合」，對保留入聲的老國音提出異議。這或許與老國音公布之後出現的「京國之爭」有關，由此也可以推測張文煒在這一爭執中站在京音一方，以北京音實際作為審音中的重要參照。

〔註 26〕 汪家熔：《我國近代第一個詞書專業機構——中國大辭典編纂處》，載《出版科學》2008 年第 2 期，第 79～84 頁。

第七章 《張氏音括》與老國音的比較

　　《張氏音括》是張文煒為「授國語一科」編制的教材，「先生之意謂學習國語須從辨音入手，而於音韻之道亦可稍窺門徑」，可見其編纂出發點是教授國語。此書的撰作時間區間為民國五年至民國十年，在此書撰寫的時間區間內所採用的「國音」是老國音。

　　民國二年，教育部讀音統一會召集各省會員審定國音。最終以每省一票的方法審定了六千五百餘字的國音，編成《國音彙編草》一冊。但「讀音統一會閉會之後，教育部因政局變動，總次長都換了人」，此時審定的國音即「老國音」也就未能頒行，「即後來公布《國音字典》之藍本也」。〔註1〕民國七年，吳稚輝「將審定之字，改依《康熙字典》之部首排列順序，始定名為《國音字典》」，於民國八年出版，其中的標音便是老國音體系。

　　但江蘇省的部分教員對老國音並不認可，甚至引發了「京國之爭」。張士一於民國九年撰成《國語統一問題》，指出以「至少受過中等教育的北京本地人的話為國語的標準」。「同時江蘇全省師範附屬小學聯合會開會於常州，也通過一個議案，不承認國音，主張以京音為標準音，並且主張『不先教授注音字母』」。〔註2〕張文煒執教地便屬江蘇，因此將《張氏音括》與老國音予以比較，可以看出張文煒的正音觀念，也可作為判斷《張氏音括》音系性質的參考。

〔註1〕黎錦熙：《國語運動史綱》，北京：商務印書館，2011年版，第130頁。
〔註2〕黎錦熙：《國語運動史綱》，北京：商務印書館，2011年版，第152～153頁。

第一節 《張氏音括》與老國音聲母比較

一、老國音的聲母系統

老國音「今『見溪群疑曉匣』一類雖注音字母以事實之要求，分為『ㄍㄎㄫㄏ』與『ㄐㄑㄏㄒ』二類，然其他諸母，則字母家之所分者，注音字母頗有刪並，故三十六復簡為二十四也」。「一ㄨㄩ三母加於韻母之前，在舊法為齊齒、合口、撮口三呼。此表齊齒、合口、撮口三呼之一ㄨㄩ，或認為元音之 iuy，或為輔音之 jwɥ，兩說皆可通。因此注音一ㄨㄩ字母之三韻母亦兼作聲母用而名為『介母』，故聲母實有二十七」，可知《國音字典》例言開頭所稱的「由三十六字母並而為注音字母之二十七聲母」是二十四個輔音加上「一ㄨㄩ」而成。至於聲母的實際數量，例言「前後各有所便，或稱聲母二十四，或稱二十七，非互舛也」。

《國音字典》例言對老國音聲母的中古來源予以說明，但《國音字典》給出的注音符號與三十六字母的對照中並未明確說明濁聲母的處理，而是在凡例第十一條中介紹了濁音清化及注音符號的處理：

> 舊字母於破裂音、摩擦音，及破裂兼摩擦音之清濁，皆各為制
> 母，故舊韻書於清母濁母各有其平上去入四聲。元明以來，將此類
> 濁音悉轉為清音：上去入三聲與清音之上去入全同，平聲則讀清音
> 之陽平，故字母減少，而聲調則增四為五。

並在其後詳細說明了舊韻書三十六字母中的濁聲母歸派，錢玄同在進行審音時又將其發音部位和發音方法予以說明。現綜合《國音字典》例言和錢玄同的說明，將其列表於下：

表 20 老國音聲母音值及其中古來源

注音字母	對應國際音標	中古來源
ㄅ	p	幫、並仄聲
ㄆ	pʰ	滂、並平聲
ㄇ	m	明
ㄈ	f	非敷奉
万	v	微
ㄉ	t	端、定仄聲

ㄊ	tʰ	透、定平聲
ㄋ	n	泥、娘
ㄌ	l	來
ㄍ	k	見洪音、群洪音仄聲
ㄎ	kʰ	溪洪音、群洪音平聲
ㄫ	ŋ	疑
ㄏ	x	曉洪音、匣洪音
ㄐ	tɕ	見細音、群細音仄聲
ㄑ	tɕʰ	溪細音、群細音平聲
ㄬ	ȵ	疑、泥、娘
ㄒ	ɕ	曉細音、匣細音
ㄓ	tʂ	知、澄仄聲、照、床仄聲
ㄔ	tʂʰ	徹、澄平聲、穿、床平聲
ㄕ	ʂ	審、禪
ㄖ	ʐ	日
ㄗ	ts	精、從仄聲
ㄘ	tsʰ	清、從平聲
ㄙ	s	心、邪

二、《張氏音括》聲母系統與老國音聲母系統的相同點

1. 濁音清化

《張氏音括》「濁音字母歸併表」將濁聲母歸併到相應的清聲母中，老國音指明「元明以來，將此類濁音悉轉為清音：上去入三聲與清音之上去入全同，平聲則讀清音之陽平」。

2. 精組不齶化，見組齶化

《張氏音括》中精組與見組的細音字未發生混同，但已有中古見開二的字混入《張氏音括》的齊齒呼中，如齊齒呼加韻的代表字「家」，便是中古見母開口二等，也即見開二后已經出現了 i 介音。

古精組字不論洪細，在老國音中都用「ㄗㄘㄙ」一組聲母代表。見曉組「注音字母以事實之要求分為ㄍㄎㄫㄏ與ㄐㄑㄬㄒ」二類，一與洪音拼合一與細音拼合，區分見曉組的洪音和細音。

3. 知莊章合流

中古知莊章三組聲母在《張氏音括》中合流為「照穿審」一組聲母，在老國音中合流為「ㄓㄔㄕ」一組聲母。

4. 疑母讀為後鼻音

《張氏音括》未將疑母歸入零聲母，而是將其單列，老國音中的「ㄫ」聲母轄中古疑母字，讀為後鼻音。

三、《張氏音括》聲母系統與老國音聲母系統的差異

1. 中古微母字的讀音

《張氏音括》指出「微母在北音並喻為深喉音之陽平聲」，由《張氏音括》音系可知變為零聲母。老國音聲母系統則為微母設立了「万」聲母，其音值為 v。但在例言中又指出「万」聲母「其原字之今音已變古，字母則取原字舊音之聲」，並在注音時加注「ㄨ」母為今讀。

2. 泥娘母的分混

《張氏音括》聲母系統中未設娘母，在「濁音字母歸併表」中泥母下有小注「娘併」。通過對「五聲譜」中來自中古泥娘母的字予以考察可以看出，張文煒是將這兩個中古聲母作為同一個音位 n 處理的。

老國音則為中古泥娘母的細音字和一部分疑母字（如「牛」）設立了「广」聲母，中古泥娘母洪音字則為「ㄋ」聲母，將 n／ȵ 作為兩個音位予以處理。這種處理方式甫一提出，便已有提議建議將 ȵ 併入 n 聲母，且「後來因記憶不便，大家就不用來注音了」〔註3〕，可見老國音的處理方式實際上是強生分別的。

3. 零聲母代表字的有無

《張氏音括》以影母作為零聲母代表字。老國音則不設立零聲母，為零聲母情況設立了「但用一韻母」的注音條例，「如『於』音『ㄩ』，『歐』音『ㄡ』，『恩』音『ㄣ』之類。此因韻母本能獨立成音也」。

老國音中的 v、ȵ、ŋ 聲母在設立之初便已有人建議廢除。黎錦熙曾記述民

〔註3〕黎錦熙：《國語運動史綱》，北京：商務印書館，2011 年版，第 148 頁。

國十年國語統一籌備會第三次大會，江西代表團便提出《万母應並於ㄨ母案》。〔註4〕老國音保留ㄪ、ȵ、ŋ聲母，與當時的北京口語音存在差異。此外精組字不分洪細的處理方式也與口語實際存在差異，張衛東先生以成書於十九世紀末的《語言自邇集》為材料，指出當時的北京口語音中精組細音早已經發生了齶化。〔註5〕這種與實際讀音之間的疏離，反映出老國音「存雅求正」、偏重書面音系的特徵。

《張氏音括》與老國音相較，取消了ㄪ、ȵ聲母，但仍然保留了ŋ聲母，精組字也不分洪細。綜合來看，《張氏音括》的聲母系統雖然也帶有偏重讀書音，對實際語音重視不夠的弊病，但與老國音相較，《張氏音括》的正音觀念更重視實際語音情況，更多地以北京口語作為正音的軌範。

第二節 《張氏音括》與老國音韻母比較

一、老國音的韻母系統

老國音對二百零六韻進行歸併，最初概括為十五韻母，後又增加ㄜ韻母。增加ㄜ韻母的原因在於「後以入聲質月陌職緝五韻中開口呼之字與歌覺藥諸韻同用ㄛ注音與普通讀音不合，因於ㄛ母上方中間加小圓點·作ㄜ，專用以注質月諸韻中開口呼之字」。

《國音字典》例言對老國音韻母的中古來源採用舉平以賅上去入的方式予以說明，錢玄同在進行審音時又為其設計了韻母發音表。現綜合《國音字典》例言和錢玄同的說明，將其列表於下：

表21　老國音韻母音值及其中古來源

注音字母	音　值	中古來源
一	i	支微齊紙尾薺寘未霽賄質物陌錫職緝
ㄨ	u	魚虞語麌遇屋沃質物月
ㄩ	y	魚虞語麌御遇屋沃質物陌錫職
ㄚ	a	佳麻蟹馬卦禡月曷黠合洽

〔註4〕黎錦熙：《國語運動史綱》，北京：商務印書館，2011年版，第148頁。

〔註5〕張衛東：《威妥瑪氏〈語言自邇集〉所記的北京音系》，載《北京大學學報（人文社會科學版）》，1998年第4期，第135～143頁。

ㄛ	o	歌哿個覺質月曷屑樂陌職合
ㄜ	ɤ	質月陌職緝
ㄝ	ε	麻馬禡物月屑葉
ㄞ	ai	佳灰蟹賄卦泰隊
ㄟ	ei	支微齊佳灰紙尾薺蟹賄寘未霽泰隊
ㄠ	au	蕭肴豪筱巧皓嘯效號
ㄡ	ou	尤有宥
ㄢ	an	元寒刪先覃鹽咸阮旱潸銑感琰謙願翰諫霰勘艷陷
ㄣ	en	真文元侵軫吻阮寢震問願心
ㄤ	aŋ	江陽講養絳漾
ㄥ	eŋ	東冬庚青蒸董腫梗迥送宋敬徑
ㄦ	ɚ	支紙寘

老國音對介音的處理較為模糊，既「注音ㄧㄨㄩ字母之三韻母亦兼作聲母用而名為『介母』」，將其作為聲母看待，又「此等與韻母拼合之ㄧㄨㄩ三母，可認為韻母，亦可認為聲母，故又名曰『介母』」，「若認為韻母，則『ㄑㄧㄝ』等為單聲母與複韻母拼合」。《張氏音括》的介音與四呼置於「韻目切音」中，可見張文煒將其歸入韻母範疇。為便於比較，此處將老國音的介音置於韻母系統中予以討論。

二、《張氏音括》韻母系統與老國音韻母系統的相同點

1. 四呼

《張氏音括》四呼與現代漢語的四呼已經大體一致，以介音的差異作為區別四呼的依據。老國音「以開之一二並為『開口』，二三並為『齊齒』，合之一二並為『合口』，三四並為『撮口』」。在四呼的區分上，兩者處理方式一致，但在撮口呼的範圍上兩者又存在差異（詳見下文）。

2. 捲舌元音

《張氏音括》「韻目」中設立了「等外捲舌」類韻母，轄「而」韻，作為捲舌元音的代表韻母，收「兒而二」三字。老國音「用ㄦ母注音之而耳二諸字，舊音皆在日母，故可借用也」，借用表示日母的「ㄦ」符號作為「而耳二」類字也即所謂「兒系字」的標音符號，也是將捲舌元音單列的處理方式。

三、《張氏音括》韻母系統與老國音韻母系統的差異

1. 合口呼、撮口呼範圍

《張氏音括》中唇音字仍與合口呼相拼，如「杯胚枚蓬蒙」等字被歸入合口呼。這部分字在老國音中均無 u 介音，說明老國音中這部分字已經列入開口呼。

《張氏音括》中古知莊章組字（《張氏音括》中知莊章組合併為照、穿、審三個聲母）可以與撮口呼相拼合，因此《張氏音括》中的撮口呼範圍大於今撮口呼範圍。如《張氏音括》中列入撮口呼的「遵諄春純脣」等字，在老國音中介音均已變為ㄨ，說明老國音中這部分字已經列入合口呼。

2. 舌尖元音獨立與否

《張氏音括》「韻目」中設立了「等外貼齒」類韻母，轄「貲」韻，作為舌尖元音的代表韻母，其音值相當於ɿ和ʅ。老國音中沒有為舌尖元音單獨設立韻母，與 i 韻母用同樣的「ㄧ」表示。

3. 是否區分 o 與 ə

老國音中「ㄛ母之音為 o，專用以注歌、哿、個及覺、曷、藥、合諸韻中字；若注質、月、陌、職、緝諸韻中開口呼之字，則於ㄛ母上方中間加小圓點·作ㆦ，其音為ə」。〔註6〕《張氏音括》則不區分兩者，中古果假二攝，山攝、咸攝、梗攝和宕攝的部分入聲字都歸入「歌結鍋訣」一組聲母中，並特別指出「又按等韻十二韻章判歌格為二，此表以靴字既收歌韻，自應合而為一」。

4. 是否區別麻韻的部分字

老國音中列「ㄝ」韻母，收麻韻「車遮蛇奢」等字，注音字母表中稱其「羊者切，即也字讀若也」。《張氏音括》並未將這部分字予以特別列出。

《張氏音括》與老國音的韻母系統具有一定的共同點，如四呼的區分、捲舌元音獨立，但也存在差異之處。《張氏音括》將中古知莊章組字拼合合口細音的情況也歸入撮口呼，老國音則將其歸入合口呼。實際上北方官話音系中，與知系字拼合的細音逐漸向洪音演變的現象開始的時間是較早的，老國音將其歸入合口呼而非撮口呼的處理方式是更為接近實際語音情況的。

〔註6〕黎錦熙：《國語運動史綱》，北京：商務印書館，2011 年版，第 147 頁。

　　《張氏音括》與老國音對舌尖元音的處理方式不同，《張氏音括》將舌尖元音單列，老國音則將其與 i 歸併為同一個音位，但實際上兩者並沒有實質性的差別，僅是處理方式的差異。

　　老國音區分 o 與 ə、區分麻韻的部分字，《張氏音括》則將其歸為一類。實際上兩種區別都帶有「異讀」的色彩，錢玄同就曾指出注音字母中的 ㄝ 實際上是一種方音，並不是多數人所能發的，只能作為「閏母」以供拼切方音之用。

第三節　《張氏音括》與老國音聲調比較

一、老國音的聲調

　　老國音設陰平、陽平、上聲、去聲、入聲五個聲調，並對舊韻書清濁各四聲與國音五聲之間的關係進行說明：

> 見溪端透知徹幫滂非敷精清心照穿審影曉十八清音之字，國音當按舊韻書之四聲點之，惟平聲為陰平。疑泥娘明微喻匣來日九濁母之音，國音亦按舊韻書之四聲點之，惟平聲為陽平（匣母之上聲字，有一部分應點去聲）。群定澄並奉從邪禪九濁音之字，舊云平聲者，當點陽平；云上聲者，當點去聲；云去聲入聲者，即點去聲入聲。

　　老國音的聲調歸派與北京音大體一致，但在保留入聲一點上與北京音的實際不同。當時的北京話中已經不區分入聲字，但老國音審音時並未以北京音的實際作為審音標準，而是「惟北京亦有若干土音，不特與普通音不合，且與北京人讀書之正音不合，此類土音，當然捨棄，自不待言」，「入聲為全國多數區域所具有，未便因北京各處偶然缺乏，遂爾取消也」。〔註7〕老國音以書面語為準的正音原則使得審音時增加了北京音中所沒有的入聲。

二、《張氏音括》與老國音聲調的相同點

1. 平分陰陽

　　《張氏音括》與老國音平聲均分為陰平、陽平兩類，這也是當時北京音的實際情況。

〔註7〕黎錦熙：《國語運動史綱》，北京：商務印書館，2011 年版，第 154～155 頁。

2. 濁上變去

《張氏音括》中選擇去聲例字時十分用心，儘量選擇來自中古去聲的字作為例字，但也有部分中古全濁上聲字如「近」被列入去聲，反映出濁上變去的演變。來自中古全濁上聲的字，老國音中「雲上聲者，當點去聲」。

三、《張氏音括》與老國音聲調的差異

《張氏音括》與老國音在聲調上的差異在於入聲字的歸派。《張氏音括》「五聲譜」中雖然列有入聲，但明確指出「北音無入聲南音無陽平」，在北音系統中實際上是沒有入聲的。而老國音保留了入聲，其原因在於「該會所欲定為國音之北京音，當即指北京之官音而言，絕非強全國人人共奉北京之土音為國音也」，因而保留了入聲。

《張氏音括》與老國音相較，在聲調方面的差異較小，唯一的區別在於入聲是否保留。《張氏音括》明確提出北音中不存在入聲，而老國音認為「普通音即舊日所謂官音，此種官音，即數百年來全國共同遵用之讀書正音」，強調書面音系的「正音」地位，因而保留了入聲。

第四節　《張氏音括》與同時代的官話語音標準問題

一、《張氏音括》與「京國之爭」

民國八年九月，《國音字典》初印本出版，但其所採用的老國音實際上是難以尋找到基礎方言的人工音系，錢玄同批評老國音是「此等東拉西湊四川領子南京袖子之標準音，實際上抵不過京音之魔力，不但將來永無實現希望，即目前已不適用翻檢」。〔註8〕這種內部的雜糅使得老國音與北京音產生衝突，「某鄉的小孩子，兄弟兩人，在一個學校裏，各人學了一種國音，回家溫課，很有幾個字的音不一致」，甚至引發了「某縣的小學，京音教員和國語教員相打」的混亂情況。

張士一於民國九年編著《國語統一問題》一書，主張「由教育部公布合與學理的標準語定義，就是至少受過中等教育的北京本地人的話為國語的標準」。民國十年「江蘇全省師範附屬小學聯合會開會於常州，也通過一個議案，

〔註8〕何九盈：《中國現代語言學史》，廣州：廣東教育出版社，2005年版，第32頁。

不承認國音，主張以京音為標準音」。〔註9〕

　　張文煒編纂《張氏音括》時在江蘇省立第二中學任職，恰好處在「京國之爭」的漩渦中，此書編纂的時間，與老國音制定、頒布以及推行過程中引發「京國之爭」的時段相近。從《張氏音括》音系與老國音的關係，以及與其他相近時代官話韻書對「京國之爭」處理方式的比較入手，可以探討《張氏音括》的審音觀念，藉以推測張文煒在「京國之爭」中的傾向以及反映出的正音思想。

　　《張氏音括》音系與老國音相比，對部分語音現象的處理方式是一致的，如聲母中的知莊章合流、韻母中的捲舌元音單列、聲調中的平分陰陽等。但兩者之間又存在相當數量的差異，如對於入聲的處理，老國音保留了入聲調，而《張氏音括》早在國語統一籌備會確立入派四聲處理之前的十年就已提出「北音無入聲」，並認為「近出之國音字典據此切音，諸多不合」，對保留入聲的老國音提出異議。將《張氏音括》音系、老國音音系與北京音進行比較，可以更為明顯地看出兩者在正音原則上的差異。

表 22 《張氏音括》與老國音正音原則比較

特　徵		《張氏音括》	老國音
聲母	微母	零聲母	為微母設立了「万」聲母，音值為 v
	泥娘母	合一，音值為 n	分立，泥母為 n，娘母為 ȵ
韻母	撮口呼	範圍大於今撮口呼	範圍與今撮口呼一致
	舌尖元音	單獨設立「訾」韻	與舌面元音 i 混為一韻
	o 與 ɘ	不區分	區分
	麻韻	未進行內部區分	內部區分，單列「車遮蛇奢」等字
聲調	入聲	「北音無入聲」	保留入聲

　　由上表可以看出，《張氏音括》與老國音相比，與北京音相一致的處理方式更多，也更為重視語言事實，由此也可以推測張文煒的正音原則較為重視北京語音。但《張氏音括》又保留入聲、區分尖團，在這一方面又與老國音的處理方式相同。張氏的處理方式游移於北京音實際和老國音方案之間，並未完全依照北京音的實際情況審音，這也與此書的教材性質關係密切。

〔註9〕黎錦熙：《國語運動史綱》，北京：商務印書館，2011 年版，第 152～153 頁。

二、《張氏音括》與其他官話韻書的比較

清末民國時期大量知識分子投身於國語運動，使其進入風起雲湧的時代，表現之一便是官話韻書的大量出現。與《張氏音括》時代相同或相近的眾多官話韻書，或稱國語韻書，往往帶有教材的性質，往往帶有為擴大自己所創制的拼音（或切音）方案的色彩。

黎錦熙將清末以來的國語運動分為四個時期：第一期，切音運動時期（約庚子，1900 以前），這一時期的代表為盧戇章《北京切音教科書》。第二期，簡字運動時期（約庚子 1900～辛亥 1911），這一時期的代表為王照的《官話合聲字母》。第三時期，注音字母與新文學聯合運動時期（約民國元年 1912～民國十二年 1923），這一時期的代表便是老國音及相應的注音字母。第四時期，國語羅馬字與注音符號推進運動時期（約民國十三年，1924 以後），採用羅馬字母拼寫國語，趙元任的《新國語留聲片課本》可以作為這一時期的代表。前文已經將《張氏音括》與老國音進行了對比，將其與其他三個階段的代表音系進行比較，可以更加準確地判斷其正音規則和音系性質。比較時，三書的音系均採用張金發所擬。〔註10〕

（一）《張氏音括》與其他三種方案的聲母比較

表23　《張氏音括》與其他三種方案的聲母比較

	張氏音括				盧戇章				王照				趙元任			
唇音	幫 p	滂 pʰ	明 m	敷 f	卑 p	披 pʰ	彌 m	非 f	必 pi	皮 pʰi	米 mi		ㄅ p	ㄆ pʰ	ㄇ m	ㄈ f
									卜 pu	撲 pʰu	木 mu	夫 fu				
舌尖中音	端 t	透 tʰ	泥 n	來 l	低 t	梯 tʰ	尼 n	哩 l	德 t	特 tʰ	訥 n	勒 l	ㄉ t	ㄊ tʰ	ㄋ N	ㄌ l
									低 ti	題 tʰi	泥 ȵi	離 li				
									都 tu	土 tʰu	奴 nu	盧 lu				
									女 ȵy	呂 ly						
舌根音	見 k	溪 kʰ	疑 ŋ	曉 x	基 k	欺 kʰ	曦 ŋ	熙 x	戈 k	科 kʰ	禾 x		《 k	ㄎ kʰ	ㄏ x	
									孤 ku	剋 kʰu	乎 xu					
舌面音	見 tɕ	溪 tɕʰ	曉 ɕ		之 tɕ	癡 tɕʰ	西 ɕ		基 tɕi	其 tɕʰi	希 ɕi		ㄐ tɕ	ㄑ tɕʰ	ㄒ ɕ	
									居 tɕy	趨 tɕʰy	須 ɕy					

〔註10〕張金發：《清末民國四種國語語音教材及拼音方案比較研究》，福建師範大學博士學位論文，2013 年。

舌尖後音	照 穿 審 日 tʂ tʂ^h ʂ ʐ	之 癡 詩 如 tʂ tʂ^h ʂ ʐ	之 tʂʅ 遲 tʂ^{h}ʅ 詩ʂʅ 日 ʐʅ 朱 tʂu 初 tʂ^{h}u 書ʂu 入 ʐu	ㄓ ㄔ ㄕ ㄖ tʂ tʂ^h ʂ ʐ
舌尖前音	精 清 心 ts ts^h s	茲 此 絲 ts ts^h s	姿 tsɿ 辭 ts^{h}ɿ 絲 sɿ 租 tsu 麤 ts^{h}u 蘇 su	ㄗ ㄘ ㄙ ts ts^h s
零聲母	影 ǿ	衣 ǿ	衣 ǿ 五 ǿ 於 ǿ	

1. 唇音的比較

《張氏音括》與《北京切音教科書》《新國語留聲片課本》在唇音上的處理方式是一致的。《官話合聲字母》聲母區分開合，特別表現出了唇齒音 f 只拼合口呼，但在唇音字母數量與類型上與《張氏音括》也相同。與老國音相比，四部反映官話語音的著作均未設立 v 韻母。

2. 舌尖中音的比較

《張氏音括》與其他三部著作的舌尖中音處理方式是一致的，與老國音相比，四部書均未單獨設立 ȵ 聲母，這也與今北京音相符。

3. 舌根音的比較

《張氏音括》與《北京切音教科書》均設立了ŋ聲母，與老國音的處理方式相同，《官話合聲字母》《新國語留聲片課本》則沒有這一聲母。實際上當時的北京音中ŋ聲母已經變為零聲母，清末《語言自邇集》中有ŋ聲母，但「實際上是開口韻零聲母的自由變體，正如《音節表》標題下的小注所說：『下列音節：a，ai，an，ang，ao，ê，ên，êng，o，ou，其發音經常是 nga，ngai，ngan』等等」，「在《西儒耳目資》裏，金尼閣把開口呼零聲母字稱為『土音』，加上 ng-聲母才叫『正音』，這是明代方言與官話分歧的寫照；《自邇集》所記的後鼻音聲母異讀，可視為明以來官話舊音的遺存」。〔註 11〕《張氏音括》《北京切音教科書》和老國音所設立的ŋ聲母與《語言自邇集》中的情況類似，並不是北京音的實際，而是受傳統讀書音影響所形成的書面語讀音規範。

4. 舌面音的比較

《北京切音教科書》的舌面音系統中，「之、癡」兩個聲母代表字既代表

〔註 11〕張衛東：《威妥瑪氏〈語言自邇集〉所記的北京音系》，載《北京大學學報（人文社會科學版）》，1998 年第 4 期，第 135～143 頁。

tɕ、tɕʰ，又代表 tʂ、tʂʰ，可見在盧戇章的觀念中二者仍未完全區分，但此書又為 ɕ 單獨創制了代表字「西」。《張氏音括》中也沒有單獨獨立出舌面音的代表聲母，老國音、《官話合聲字母》和《新國語留聲片課本》都為舌面音設立了單獨的代表符號。而《張氏音括》的編制時間與老國音的編制時間大致相當，卻採用了相對保守的方式來處理舌面音問題，也可以看出《張氏音括》的「正音」規範並不是完全以語言實際為準則的，其中帶有一定的保守性成分。

5. 舌尖後音的比較

《張氏音括》和其他三部著作以及老國音中，知莊章三組聲母均已合流為舌尖後音。但《張氏音括》的 tʂ tʂʰ ʂ ʐ 可以與撮口呼相拼合，老國音 tʂ tʂʰ ʂ ʐ 與撮口呼不能拼合，《官話合聲字母》中所列的代表字也說明當時北京音中的 tʂ tʂʰ ʂ ʐ 只能與舌尖元音和合口呼相拼。

6. 舌尖前音的比較

《張氏音括》和其他三部著作以及老國音中舌尖前音均為 ts tsʰ s 一組，但《張氏音括》張氏音括並未提及其顎化情況。《北京切音教科書》「凡例」：「『西』字只用於京音，與『絲』字甚難分清，似可併入於『絲』字，以與他處官話、土腔畫一」。盧戇章特別指出中古心母字「西」的聲母變化，或許說明舌尖前音的齶化始於擦音，且當時的變化並未完全成型。

7. 零聲母的比較

《張氏音括》的零聲母代表字為影母，《北京切音教科書》和《官話合聲字母》也都為零聲母設立了代表字。老國音和《新國語留聲片課本》均未設立零聲母代表字，但在韻母和音節結構的說明裏都有關於零聲母音節的內容。

（二）《張氏音括》與其他三種方案的韻母比較

下表按照《張氏音括》「三十四音開合對音表」的順序，將《張氏音括》與《北京切音教科書》《官話合聲字母》和《新國語留聲片課本》相應韻母進行排列比較。《張氏音括》中原本歸為「等外」的貲音和而音，此處置於開口呼中進行比較。

表 24 《張氏音括》與其他三種方案的韻母比較

張氏音括				盧戇章				王照	趙元任			
開	齊	合	撮	開	齊	合	撮		開	齊	合	撮
祳 ei	饑 i	孤 u	居 y	累 ei	伊 i	烏 u	籲 y	危 ei	一 i	ㄨ u	ㄩ y	
歌 ə	結 iə	鍋 uə	訣 yə	阿o 杯ə	約 io 爺 iə	窩 uo 偎 uə	虐 yo 曰 yə	我 o 爺 ə	ㄛ o ㄜ ə ㄝ e	一ㄛ io 一ㄝ ie	ㄨㄛ uo	ㄩㄝ ye
	傀 uei					威 uei		危 ei	ㄟ ei		ㄨㄟ uei	
鉤 əu	鳩 iəu			甌 əu	憂 iəu			慪 ou	ㄡ ou	一ㄡ iou		
庚 eŋ	經 iŋ	公 uŋ	弓 yŋ	哼 eŋ	英 iŋ	滃 ueŋ 翁 uŋ	擁 yŋ	翁 eŋ	ㄥ eŋ	一ㄥ iŋ	ㄨㄥ uŋ	ㄩㄥ yŋ
根 en	巾 in	昆 uən	君 yn	恩 en	因 in	溫 un	氲 yn	恩 en	ㄣ en	一ㄣ in	ㄨㄣ un	ㄩㄣ yn
迦 a	加 ia	瓜 ua		啊 a	鴉 ia	哇 ua		阿 a	ㄚ a	一ㄚ ia	ㄨㄚ ua	
該 ai	皆 iɛ	乖 uai		哀 ai	涯 iai	歪 uai		哀 ai	ㄞ ai	一ㄞ iai	ㄨㄞ uai	
高 au	嬌 iau			熬 au	妖 iau			豪 au	ㄠ au	一ㄠ iau		
岡 aŋ	薑 iaŋ	光 uaŋ		醃 aŋ	央 iaŋ	汪 uaŋ		昂 aŋ	ㄤ aŋ	一ㄤ iaŋ	ㄨㄤ uaŋ	
干 an	堅 ian	官 uan	涓 yan	安 an	煙 ian	彎 uan	冤 yan	安 an	ㄢ an	一ㄢ ian	ㄨㄢ uan	ㄩㄢ yan
訾 ɿ/ʅ				於 ɿ/ʅ					幣 ɿ/ʅ			
而 ɚ				兒 ɚ				兒 ɚ	ㄦ ɚ			

　　上表中《官話合聲字母》與《張氏音括》《北京切音教科書》和《新國語留聲片課本》存在著明顯的差異：1.不列齊齒呼、合口呼、撮口呼韻母，韻母表中所列的韻母僅相當於其他書中韻母的開口呼；2.沒有單韻母，包括舌面元音的 i、u、y 和舌尖元音 ɿ、ʅ。出現這種不同的原因在於王照將介音列入聲母中形成聲介合母，單韻母的處理方式與介音類似，也是以「聲母＋單韻母」形成複合聲母形式的方式予以表示。將《官話合聲字母》的聲母、韻母結合

起來考慮可以發現,此書實際上也是分別四呼的。

通過比較可以發現《張氏音括》與其他三部時代相近著作所反映國語語音的異同。《張氏音括》的韻母系統與其他著作具有許多相同之處,如沒有入聲韻、具有獨立的舌尖元音、捲舌元音等。但《張氏音括》與其他三書在韻母方面也存在著一定的差異,現將其列舉如下:

1. 四呼的範圍

《張氏音括》的開口呼、齊齒呼的範圍與今北京話開口呼、齊齒呼範圍相同,但知莊章與撮口呼仍能相拼、唇音仍與合口呼相拼,因而合口呼、撮口呼範圍與今北京話相比存在差異。其他三部著作知莊章組字均拼合合口呼,不拼合撮口呼。《張氏音括》中知莊章聲母與撮口呼拼合的特點與老國音、北京音和其他以京音為參照編寫的國語韻書的情況均不同。《張氏音括》之所以出現這種特點,應當與張文煒受到山東方言的影響有關,說詳見後文「方言與韻書音系比較」中。

《張氏音括》中唇音字可與合口呼相拼。《北京切音教科書》中唇音字拼合開口呼,如「杯飛」等字在書中表現為開口呼,但其拉丁字母注音卻注為「e」,張金發認為這種注音是閩南方言讀音影響的體現。〔註12〕老國音和《新國語留聲片課本》中唇音字也不再拼合口呼,但在《官話合聲字母》中仍有唇音字拼合口呼的現象。《官話合聲字母》的唇音聲母分為「必 pi,皮 pʰi,米 mi」和「卜 pu,撲 pʰu,木 mu,夫 fu」兩組,開口呼字在書中的拼合以「卜 pu,撲 pʰu,木 mu,夫 fu」組作為聲母,則實際是唇音聲母拼合口呼。《張氏音括》的處理方式與老國音及《新國語留聲片課本》不同,與《官話合聲字母》的處理方式相同。

蟹止攝的來母字如「嬴壘累」等,《張氏音括》歸入合口呼,與老國音的處理方式一致。《北京切音教科書》中「累」被歸入偎韻 uə,可見也帶有合口色彩。《官話合聲字母》中沒有例字表,因而無法看出蟹止攝的來母字的讀音情況。《新國語留聲片課本》處理方式與老國音一致,也將此類字歸為合口。可見當時的官話系統中,蟹止攝來母字讀為合口呼是符合「正音」觀念的。

〔註12〕張金發:《清末民國四種國語語音教材及拼音方案比較研究》,福建師範大學博士學位論文,2013 年。

2. 是否區分 io、uo、yo 與 iə、uə、yə

《張氏音括》不區分 io、uo、yo 與 iə、uə、yə，如「歌結鍋訣」在老國音中韻母分屬ㄛ、ㄝ兩類的字，《張氏音括》則將其歸為同一韻中。《北京切音教科書》中設有「約 io」、「虐 yo」韻母，但據張金發對其實際注音情況的考察，「yo」韻母已無例字，「io」韻母只出現於「學 xio」一字，原《等韻圖經》中果攝齊齒呼 io 韻母字已經與拙攝撮口字合併為「曰 ye」韻母。而《官話字母讀物》的實際注音中也已經不再有「io」「yo」韻母。〔註13〕《北京切音教科書》中「學」字的注音實際上是一種異讀情況，與老國音區分ㄛ、ㄝ韻的情況類似。《新國語留聲片課本》仍設有「ㄧㄛ」「ㄧㄝ」兩類韻母，但實際上「io」只有「唷」一字。由諸書的實際音系來看，完全可以將這兩類韻母合為一類，《張氏音括》的處理方法與其他三部著作及老國音相較，更為貼近北京音的實際情況。

（三）《張氏音括》與其他方案的聲調比較

《張氏音括》「五聲譜」將聲調分為陰平、陽平、上聲、去聲、入聲五類。這幾種方案聲調系統的不同主要集中在對入聲的處理上。

《張氏音括》指出「南音無陽平，北音無入聲」，說明當時的「北音」中入聲已經消失了，設置入聲是為了描寫「南音」也即南方方言。《北京切音教科書》《官話合聲字母》聲調均分為上平、下平、上聲、去聲四類，取消了入聲。《新國語留聲片課本》將聲調分為陰平、陽平、上聲、去聲、入聲五類，但在教材中說明四聲例字時又指出「『缺乏筆墨』照舊讀法全是入聲字，現在分配到陰陽上去，跟『爹拿椅坐』讀一樣的調了」，說明當時的入聲已經派入四聲。

綜合來看，《張氏音括》設置入聲調類，但實際上北音中已經取消了入聲。《北京切音教科書》在介紹國音字母時分陰陽上去入五聲，在介紹聲調時則稱之為「四聲」，也取消了入聲。《北京切音教科書》《官話合聲字母》直接取消了入聲這一調類，與《北京切音教科書》「聲調」一節的處理方式、《張氏音括》「北音」的處理方式是相同的。而老國音所設置的入聲調類在《國音字典》中收有大量例字，是實際存在的調類，而非《張氏音括》《新國語留聲片課本》

〔註13〕張金發：《清末民國四種國語語音教材及拼音方案比較研究》，福建師範大學博士學位論文，2013 年。

中實際上不存在的調類。《張氏音括》設置了入聲，較之直接取消入聲調類的《北京切音教科書》《官話合聲字母》為保守。但附加的說明中明確提出「北音無入聲」，則立足於實際語音，與時代相近的老國音相比，《張氏音括》取消入聲、以北京音的實際聲調作為「國語」標準的做法是帶有進步色彩的。

第八章 《張氏音括》與濟陽方言

　　《張氏音括》是張文煒為幫助學生學習國語所編纂，且是山東人在江蘇授課所用，這樣的編制目的與背景必然使得此書需要以「國語」或稱代表正音的讀書音作為審音標準。但就前文對《張氏音括》音系的分析不難發現，《張氏音括》的某些語音特點與北京音和當時的國語語音標準——老國音都不一致，但卻與山東方言相關。如《張氏音括》中知莊章聲母合流形成的「照穿審」一組聲母可以與撮口呼相拼，這與北京音、老國音都不同，但山東方言中卻有此類情形。這種現象提醒我們，《張氏音括》雖以「國語」為編纂目的，但實際上在審音的過程中無法完全排除方言音系對韻書編制的影響，《張氏音括》不免也帶有方言色彩。因此，若想完整、全面地探討《張氏音括》的音系性質，釐清《張氏音括》與清末民初濟陽方言的關係，以及其中是否蘊藏有與濟陽方言語音歷時演變規律與方向有關的線索，我們首先需要對濟陽方言的歷時語音面貌、現代濟陽方言的語音特點有清晰明確的瞭解，以便於接下來的比較研究工作。

第一節　清末民初濟陽方言語音面貌的推測：以佛爾克記載為據

　　勾稽清末民初濟陽方言的語音面貌，面臨的最大的困難便是材料的缺乏：目前並未見到成書於清末民初時期、明確說明所記載的乃是濟陽方言語音的

記音材料。但幸運的是，我們找到了成書於 1903～1904 年、出自德國漢學家佛爾克（Alfred Forke，1867～1944）之手的，記錄了當時濟南方言語音特點的材料。濟陽一來與濟南市區僅僅距離三十餘公里，二來濟陽當時是濟南下屬的縣（2018 年其則改稱為濟南市濟陽區，仍隸屬濟南市管轄），而不同漢語方言點間的語音特徵異同，有時往往與行政區劃存在密切的關聯。許寶華、游汝傑在探討明清時期上海和蘇南地區的吳語內部分區時，發現「方音的差異與明、清時期的行政區域『府』或『州』有密切的關係」，具體來說則是「次方言的劃分與舊的府治的轄區大體一致。」〔註1〕就目前的語言調查結果來看，現代濟陽方言與濟南城區方言之間存在一些差異，主要有：

1. 來自古代日母非止攝開口三等的字，在今濟南方言中一般讀為 z 聲母。而在濟陽方言中，這些字的今讀與開合口有關，開口呼讀為 z 聲母，合口呼讀為 l 聲母；

2. 現代濟陽方言具有系統性的文白異讀現象，曾梗攝開口一、二等入聲字，曾攝三等莊組入聲字具有文白異讀，有些文白異讀字的表現與今濟南方言存在差異；

3. 現代濟南方言有四個聲調，而現代濟陽方言只有三個聲調；

4. 個別古清聲母入聲字的聲調歸派，今濟陽方言與今濟南方言之間存在差異。

但是，上述四條差異，給我們運用佛爾克記音材料逆推清末民初時期濟陽方言語音特點的工作帶來的困難可以相對簡單地予以擺脫：第一，日母非止攝開口三等字的聲母今讀類型的問題，產生差異的語音條件清晰、明確，我們只需要特別留心這部分字即可；第二，關於文白異讀字，由於佛爾克的記錄、《張氏音括》記錄的都主要是讀書音，且存在文白異讀現象的字畛域相對清晰、易於界定，因此也可以通過注意例字中古音韻地位的方式，規避有可能的干擾；第三，佛爾克編制的字表中並沒有標明聲調，而由於《張氏音括》本身的體例設計特徵，其與濟陽方言之間的聲調異同本身就非我們討論的重點，因此討論聲調相關問題時僅從《張氏音括》自身出發，而不涉及此份材料，便可避免這種成系統差異所致的干擾。

〔註1〕許寶華、游汝傑：《蘇南和上海吳語的內部差異》，載《方言》1984 年第 1 期，第 3～12 頁。

綜合來看，佛爾克記錄的濟南方言語音特點，可以為我們探討清末民初濟陽方言的語音面貌提供重要參照。我們首先對佛爾克的記錄進行離析考訂，並在此基礎上推測清末民初時期濟陽方言的語音特點。

我們首先介紹佛爾克記錄清末民初濟南方言的相關史實。德國漢學家佛爾克（Alfred Forke，1867～1944）於 1890 年赴華，在德國駐中國使領館擔任翻譯實習生職務，任職期間，佛爾克對漢語官話方言進行調查研究，記錄了相當數量的原始材料。1903 年回國之後，佛爾克對這些材料進行整理、分析，撰成 *A comparative study of Northern Chinese dialects*（《漢語北方方言比較研究》）一文，發表在 *The China Review*（《中國評論》）雜誌 1894 年第 3 期上。此文的撰寫目的「並非給出各種方言的完整音節，而是指出每種方言的主要特徵，特別是它們與北京話的不同點」。此文附有一份方言字音對照表，共收字 400 個，記錄了北京、冀州、天津、太原、平陽、并州、濟南、滕州等 12 個方言點的字音情況。特別需要注意的是，編制這份對照表的各地方言讀音原始資料，乃是佛爾克「遊歷山西、陝西、河南等地時，與不同地方的當地人一起翻看北京方言的發音表，以瞭解他們發音的特點」所得。因此，雖然這份字表收字不多，但卻因其編制基礎乃是第一手材料，且接觸過現代語言學的佛爾克具有較強的聽音、記音能力，而具有很強的真實性。又因其記音方式採用拉丁字母，且在文章伊始詳細介紹了記音原則、記音符號含義，故而可以較輕鬆地逆推出收字在相應方言中的準確音值，足為方言歷時音變研究之資。

一、佛爾克記錄方言語音特點時所用記音符號含義的考訂

佛爾克編製字表時，國際音標尚未問世，他在記錄漢字讀音時參考了此前西方漢學家記錄漢語時制訂的既有的記音符號、記音方式，但又加入了源於個人思考的新變。因此，為了準確理解佛爾克所用的記音符號、還原其所記載的實際音值，在對字表進行分析之前，首先需要進行的基礎性工作便是考察佛爾克所用記音符號的含義，作為接下來討論音值的工作基礎。

佛爾克在文章伊始說明了文中所用記音符號的含義，以及他對前人所用記音符號的更改，並以英語、德語等例詞說明記音字母的實際音值。我們首先按照文章的說明順序，對佛爾克所用記音符號的含義進行釋讀，確定其記音字母的音值情況：

1. 記音最後位置的-h 表示入聲。佛爾克明確說明這一符號在字表中「只保留作為入聲記號」，同時指出他將威妥瑪（Thomas Wade）記音體系中的 jih、shih、ssŭ、tsŭ 一律改寫為 jï、shï、ssë、tsë。依據這裡的描述，可以考知佛爾克所用 ï、ë 兩個符號的具體音值分別是 ɿ和 ʅ。

2. 記音時加在元音之上的小短弧線，用以表示非入聲字中元音的偶然短音。

3. ŋ聲母不寫成 ng，而是用 g 代替。音節 a、ai、an、ang、ao、en、o、ou 在北京方言中要麼是純元音，要麼帶有一個並非 ng 而是介於 g 和 y 之間的輔音前綴。這個「介於 g 和 y 之間的輔音」是與德語 nach、doch、strauch 中強烈的 ch 或北京話中音節開頭的 h 相對應的中間成分。

4. ui 韻母寫作 uei，但同時又說明「沒有明確的發音，有時傾向於 ui，有時傾向於 uei」。

5. 字表中標注字音處的小橫線「-」表示此字在相應方言中讀音與北京話一致。

二、佛爾克記錄所反映的清末民初濟南方言聲母、韻母特點

當釋讀出佛爾克記錄方言語音特點時所用記音符號的含義，以及字表中記音用拉丁字母所代表的實際音值之後，我們便可以以此為據，逆推這一記錄所反映的清末民初濟南方言語音特點。此外，佛爾克還在文章的主體部分對直隸、山西、陝西、河南、山東、安徽、江蘇的方言語音特點進行整體性的介紹（並未對更小的方言點語音情況進行介紹），這些說明性文字也值得予以重視。由於我們在後文討論相關問題時，會將這些說明文字中的關鍵語句作為論據，因此此處不再對其進行全譯，僅在論述的相關位置隨文摘譯。

佛爾克記錄字表中出現的漢字注音均未標明聲調，但在字表前的說明性文字部分，討論了不同方言點聲調特徵有關的問題。考慮到《張氏音括》的體例特點，我們此處對佛爾克記錄的分析也僅從聲母、韻母兩個方面予以討論，不再涉及與聲調有關的問題。為便於閱讀，後文列舉例字時將以下標的形式注明相應例字中需要關注的語音特徵，如「白並 bei」表示「白」的中古聲母為並母。

（一）佛爾克記錄所反映的清末民初濟南方言聲母特點

1. 全濁聲母清化。佛爾克記錄中出現的全部中古全濁聲母字，其音注聲母部分的對應情況，與按照濁音清化規律後相應的清聲母字音注聲母部分情況相同，如：白並 pei-八幫 pa、夫奉 fu-非非 fei、碟定 tie-丁端 ting、窘群 chiung-九見 chiu 等。

2. 佛爾克記錄中未出現中古敷母字，但所記錄的中古非母字、奉母字的注音均以 f 對應其聲母部分，如：反非 fei、方非 fei、風非 fêng、否非 fou、罰奉 fa、夫奉 fu、佛奉 fo。

3. 不區分尖團。佛爾克記錄中出現的中古精組細音字，和除部分特殊字之外的見曉組細音字，基本均以 ch、ch'、hs 類記號對應其聲母部分，並未出現兩類具有不同中古來源的字，在字表中採用兩類符號分別對應其聲母部分的情況。

4. 中古知莊章組字的聲母合流為一組。佛爾克記錄中涉及到的中古知莊章組字，均以 ch、ch'、sh 類記號對應聲母部分（偶有幾個特殊字，如森生 sên、搜生 sou、所生 so，但這幾個特殊字並不占主流），如：沾知 chan、呈澄 ch'êng、壯莊 chuang、揣初 ch'uai、率生 shuai、真章 chên、尺昌 ch'i、十禪 shi、觸船 ch'o / ch'uo 等。

5. 中古影母字、疑母字（不計特殊字「牛」）在佛爾克的記錄中，有零聲母和ŋ兩種讀法。佛爾克記錄中出現的中古影疑母字，有些從音注來看已經讀為零聲母，如：凹 wa、翁 wêng、要 yao、益 yi、應 ying（以上影母字），外 wai、我 wo、五 wu、涯 yai、牙 ya、源 yuan（以上疑母字）等。但也有一些字的音注以 ng 對應其聲母位置，如：阿 nga、愛 ngai、恩 ngên（以上影母字），昂 ngang、熬 ngao、鵝 ngo、偶 ngou（以上疑母字）等。結合現代濟南方言情況，並參考時代相近的其他文獻資料，我們認為這部分以 ng 對應聲母部分的中古影疑母字，其聲母為ŋ。

6. 日母字的聲母讀音分為兩類，一類讀為濁擦音，另一類讀為零聲母。日母非止攝開口三等字的音注中，聲母位置均以 j 對應，如：然 jan、饒 jao、惹 jê、人 jên、肉 jou 等；日母止攝開口三等字則以 êrh 對應全字，如：二 êrh。

7. 大多數影疑母字、全部以母字、全部云母字、全部微母字、全部日母止攝開口三等字讀零聲母。

（二）佛爾克記錄所反映的清末民初濟南方言韻母特點

1. 見系開口二等字具有 i 介音。佛爾克記錄中出現的見系開口二等字音注中，表示介音的位置多帶有 i 符號，如：家 chia、江 chiang、恰 ch'ia 等。結合記錄中精組、見曉組細音字的表現，我們認為這實際上反映了齶化之後的見系聲母。由這種現象可以推知，其時見系開口二等字已經產生 i 介音，聲母齶化。

2. 止攝開口三等精知莊章組字的韻母讀為捲舌元音，且兩類韻母不同。佛爾克記錄中出現的止攝開口三等精組字音注，均以 ë 對應韻母位置，如：子 tsë、此 ts'ë 等，知莊章組字的音注則均以 ï 對應韻母位置，如：知 chï 等。佛爾克在文章伊始介紹字表所用符號時便已指出，他將威妥瑪記音體系中的 jih、shih、ssŭ、tsŭ 一律改寫為 jï、shï、ssë、tsë。根據這一描述，結合威妥瑪體系的記音方式，可知實際上 ë、ï 分別表示的是兩類捲舌元音 ɿ、ʅ。

3. 韻母系統簡化。中古一二等重韻字主要元音合流、中古三四等韻合併。中古重韻字的主要元音已經顯現不出區別，如：山山 shan-拴刪 shuan、乖皆 kuai-涯佳 yai 等。中古三四等韻字的主要元音也發生了合併，如表效開三 piao-刁效開四 tiao、兵梗開三 ping-丁梗開四 ting、棉山開三 mien-年山開四 nien 等。

4. -m 韻尾已經混併入 -n 韻尾。佛爾克記音中出現的中古咸深攝舒聲字的韻尾均以 -n 對應，如：參咸 ts'ên、讒咸 ts'an、沾咸 chan、沉深 ch'ên、林深 lin、心深 hsin 等。這種對應情況與中古山臻攝舒聲字的韻尾對應形式相同，可見其時濟南方言中 -m 尾已經消失，混併進入 -n 尾。

5. 入聲韻尾已經消失。入聲既是聲調問題，又是韻尾問題，此處暫時只討論入聲字的韻尾。佛爾克記錄中出現的中古入聲字，其音注外在形式都與舒聲字的音注形式一致，並未附加其他成分予以凸顯。佛爾克在文章伊始介紹字表所用符號時便已指出，一個字的記音最後位置所帶有的 -h 記號乃是「保留作為入聲記號」，但他記錄的濟南字表中，中古入聲字的音注末尾均未附有 -h 記號。由此來看，當時的濟南方言中，入聲韻尾已經消失。

三、結論

雖然佛爾克記錄的字表僅稱「濟南方言」而並未明言究竟是濟南何地的方言（當然，由佛爾克的生平經歷以及當時的社會文化背景來看，其所記錄的「濟南方言」指的應是當時濟南主城區的方言），但一來濟陽區與濟南主城區

距離相當接近、物質文化聯繫也十分緊密；二來方言語音特徵差異與行政區劃之間存在密切的重合關係；三來張文煒幼學之年尚無現代意義上的、具有明確語音標準的共通語，也沒有錄音錄像等現代語言教學手段，因此他學習的「官話」勢必會向區域政治、經濟、文化中心的語言情況靠攏。因此，我們認為佛爾克的記錄在一定程度上可以反映清末民初濟陽方言的語音特點，能夠為我們的研究提供語音歷史面貌的參照。將前文所考證得出的 7 條聲母特徵、5 條韻母特徵，與本節最開始指出的今濟南方言與濟陽方言之間存在差異的 4 條原則交叉比較，可以發現由於此處所依據的字表根本未載調類、調值，且字表中記錄的都是相應漢字的文讀音，因此真正需要注意的只有日母非止攝開口三等字的讀音類型問題，所對應的聲母特徵的第 6 條前半部分。我們將佛爾克記錄中涉及此類字的討論置之不論，那麼剩下的成分，就足以為我們考察清末民初時期的濟陽方言語音特點提供重要的參考。

當然，需要注意的是，佛爾克所謂的「濟南方言」並不能完全等同於當時的濟陽方言，我們在運用這一材料時只能作為參考與旁證，而不能將其視為如同採用現代語言調查手段記錄的濟陽方言一樣的確鑿證據。

第二節　現代濟陽方言的語音特點

濟陽區（原濟陽縣，自 2018 年起改稱濟陽區）為濟南市下屬區，南臨黃河與濟南市主城區相望，東臨惠民縣，西臨齊河縣，北臨臨邑縣、商河縣。據《山東方言的分區》，濟陽方言屬山東方言西區西齊片。[註2] 據《中國語言地圖集》（第 2 版），濟陽方言屬漢語官話方言區中的冀魯官話滄惠片陽壽小片。[註3]本節將對濟陽方言的聲韻調系統、語流音變進行描寫，以為接下來比較分析《張氏音括》的語音特點與濟陽方言的異同關係、確定其音系性質的工作提供基礎資料。

〔註2〕錢曾怡、高文達、張志靜：《山東方言的分區》，載《方言》1985 年第 4 期，第 243 ～256 頁。

〔註3〕中國社會科學院語言研究所、中國社會科學院民族學與人類學研究所、香港城市大學語言信息科學研究中心：《中國語言地圖集》（第二版），北京：商務印書館，2012 年版。

一、現代濟陽方言的單字音系

（一）聲母 25 個（包括零聲母在內）

p 八兵病	pʰ 派片爬	m 麥明滅	f 飛風副蜂肥飯	
t 多東壽	tʰ 討天甜	n 腦南		l 老藍連路軟
ts 資早租字賊坐	tsʰ 刺草寸祠		s 絲三酸	
tʂ 張竹柱裝紙主	tʂʰ 抽拆茶初床車春船城		ʂ 事山雙順書十	ʐ 熱日人如
				ɭ 兒耳二
tɕ 九酒焦交	tɕʰ 輕全清權	ɲ 年泥	ɕ 想謝響縣	
k 高共	kʰ 開	ŋ 熬安藕愛	x 好灰活	
Ø 味問月溫王於				

說明：有些零聲母合口呼字如「味問王」等發音時，其音節起首位置有時會帶有輕微的摩擦而近於 v。

（二）韻母 36 個

ɿ 資次絲	i 米戲急七一錫	u 苦五豬骨出谷	y 雨橘綠局
ʅ 師試十直尺			
ɚ 兒而二			
a 茶塔法辣八	ia 牙鴨	ua 瓦刮	
ɛ 開排	iɛ 鞋	uɛ 快	
ɔ 寶飽	iɔ 笑嬌橋藥學白		
ə 歌過白二盒熱	iə 寫接貼節	uə 坐活托郭國	yə 靴月學文
ei 賠飛北色白		uei 對鬼	
ou 豆走	iou 油六		
ã 南山半	iã 鹽年	uã 短官	yã 權
ẽ 深根	iẽ 心新	uẽ 存滾春	yẽ 云
ɑŋ 糖	iɑŋ 響講	uɑŋ 床王雙	
əŋ 燈升爭橫	iŋ 硬病星	uŋ 東	yŋ 兄用

說明：1.a、ia、ua 中的 a 舌位靠後，近於 ɑ；2.ɑŋ、iɑŋ、uɑŋ 發音時帶有鼻化色彩；3.uŋ 逢零聲母時候實際音值為 uəŋ。

（三）聲調 3 個

平聲	213	東該燈風通開天春谷百搭節哭拍塔切刻
上聲	55	門龍牛油銅皮糖紅懂古鬼九統苦討草買老五有毒白盒罰
去聲	31	動罪進後凍怪半四痛快寸去賣路硬亂洞地飯樹六麥葉月

說明：中古全濁聲母平聲字、全濁聲母入聲字，在濟陽方言中與來自中古清上、次濁上的字調類相同，與濟南的上聲調調型、調值均相同。有鑑於此，將濟陽方言中的 55 調定名為上聲。

二、現代濟陽方言的兩字組連讀變調

現代濟陽方言的兩字組連讀變調情況，參看下表。

表 25　現代濟陽方言的兩字組連讀變調

前字＼後字	平聲 213	上聲 55	去聲 31	輕聲 普通輕聲	輕聲 單音節動詞重迭
平聲 213	55＋213 東風 中心	①13＋55 東南 低頭 ②54＋55 冬泳 天理 ③213＋55 推頭 開水	13＋31 冬至 天亮	①21＋1 莊稼 秧子 ②23＋1 黑夜 出去	13＋3 聽聽 穿穿 說說 刷刷
上聲 55	55＋213 晴天 小蔥	①54＋55 毛桃 騎馬 ②21＋55 小寒 眼皮	13＋31 毛重 土地	①24＋4 娘家 白夜 ②213＋5 李家 起來 ③55＋2 零錢 可以	55＋2 談談 縫縫 走走 想想
去聲 31	31＋213 大車 稻穀	31＋55 大紅 大雨	31＋31 大豆 地震	55＋2 辮子 後頭	21＋1 看看 抱抱

三、現代濟陽方言的兒化

現代濟陽方言共 36 個韻母，除 yŋ 之外的 35 個韻母均可兒化。兒化後的部分韻母發生歸併，共 25 個兒化韻母。具體參看下表。

表 26 現代濟陽方言的兒化

兒化韻	原韻母	例　詞	兒化韻	原韻母	例　詞
ar	a	刀把兒	ier	i	針鼻兒　猜謎兒
iar	ia	倆兒　豆芽兒		iẽ	使勁兒　背心兒
	iaŋ	鞋樣兒	uer	uei	一對兒　牌位兒
uar	ua	花兒　娃兒		uẽ	冰棍兒　打盹兒
	uaŋ	莊兒　小筐兒	yer	y	驢兒　馬駒兒
ɤr	ə	老婆兒　唱歌兒		yẽ	小軍兒　合群兒
	əŋ	縫兒	ur	u	牛犢兒　媳婦兒
iɤr	iə	蝶兒　歇歇兒	ɔr	ɔ	刀兒　外號兒
	iŋ	影兒　打鳴兒	iɔr	iɔ	苗兒　兩喬兒
uɤr	uə	錯兒　大夥兒	our	ou	小豆兒
	uŋ	小蟲兒	iour	iou	小劉兒
yɤr	yə	旦角兒　家雀兒	ãr	aŋ	鞋幫兒　藥方兒
ɛr	ɛ	牌兒　買賣兒	iãr	iaŋ	羊兒
	ã	盤兒　攤兒	uãr	uaŋ	小床兒　網兒
iɛr	iɛ	小鞋兒　臺階兒	ɤ̃r	əŋ	小板凳兒　坑兒
	iã	邊兒　面兒	iɤ̃r	iŋ	名兒　山頂兒
uɛr	uɛ	塊兒　拐兒			
	uã	罐兒　玩兒			
yɛr	yã	花卷兒　銀元兒			
er	ɿ	雞子兒　刺兒			
	ʅ	侄兒　戒指兒			
	ei	寶貝兒			
	ẽ	賠本兒			

四、濟陽方言同音字彙

i

p〔31〕幣壁〔55〕比鼻逼

m〔31〕密文。秘~〔55〕米

t〔31〕弟遞地〔55〕笛〔213〕低

l〔31〕立栗力歷〔55〕犁梨李

ȵ〔55〕泥

Ø〔31〕藝義意益〔55〕蟻移姨尾~巴〔213〕衣一

ɕ〔31〕系戲〔55〕洗喜希~望習席〔213〕西吸息希~臘惜錫溪

pʰ〔31〕屁〔55〕皮匹〔213〕劈

tɕ〔31〕記季集~合〔55〕幾集趕~極急又及又〔213〕雞寄饑急又及又吉積擊

tɕʰ〔31〕去白契器氣〔55〕騎棋〔213〕七

tʰ〔31〕剃〔213〕梯踢

u

p〔31〕布簿步

m〔31〕木目〔55〕母

f〔31〕付父富副婦〔55〕府浮服〔213〕福

t〔31〕杜〔55〕賭讀毒

n〔55〕奴

l〔31〕路如入鹿褥

k〔55〕古〔213〕箍骨谷

Ø〔31〕霧物〔55〕吳五武〔213〕烏屋

kʰ〔31〕褲〔55〕苦〔213〕哭

pʰ〔55〕譜〔213〕鋪

ʂ〔31〕數名豎樹〔55〕鼠數動熟贖屬〔213〕書輸叔

tʰ〔55〕土圖

ts〔55〕卒族〔213〕租

tʂ〔31〕柱住〔55〕主〔213〕豬竹燭

tʂʰ〔31〕畜〔55〕除鋤〔213〕初出

x〔31〕戶〔55〕虎壺

a

p〔55〕把〔213〕八剝白

m〔31〕罵〔55〕馬

f〔55〕罰〔213〕法發

t〔31〕大〔55〕達打〔213〕搭

l〔31〕蠟辣落~下

la〔213〕拉

pʰ〔55〕爬

ṣ〔55〕蛇老〔213〕沙杉殺

tʰ〔213〕塔

ts〔55〕雜

tṣ〔55〕閘〔213〕踏扎

tsʰ〔213〕擦

tṣʰ〔55〕茶〔213〕插

ɛ

p〔31〕拜敗〔55〕擺白文〔213〕百文

m〔31〕賣麥〔55〕埋買

t〔31〕袋帶

l〔55〕來

k〔31〕蓋〔55〕改〔213〕該

ŋ〔55〕愛

kʰ〔213〕開

pʰ〔31〕派〔55〕排牌〔213〕拍文

ṣ〔31〕曬〔213〕色

tʰ〔55〕臺〔213〕胎

ts〔55〕擇文

tsʰ〔31〕菜〔55〕財

tṣʰ〔55〕柴〔213〕策

x〔31〕害〔55〕海

ɔ

p〔31〕抱〔55〕寶飽〔213〕包

m〔31〕帽〔55〕毛貓

t〔31〕道〔213〕刀

n〔31〕鬧〔55〕腦

l〔55〕老

k〔213〕高靠

ŋ〔55〕熬

pʰ〔31〕炮

s〔55〕嫂

ʂ〔55〕勺〔213〕燒

tʰ〔55〕討桃

ts〔31〕灶造〔55〕早

tʂ〔31〕罩照〔55〕找著

tsʰ〔55〕草〔213〕糙

tʂʰ〔55〕朝〔213〕抄

x〔31〕號〔55〕好

ʐ〔31〕弱〔55〕繞

ei

p〔31〕貝背被〔55〕白白〔213〕杯碑筆北百白

m〔31〕妹墨密白〔55〕煤眉

f〔31〕肺費〔55〕肥〔213〕飛

t〔213〕得白

k〔213〕格隔白

kʰ〔213〕刻白客白

pʰ〔31〕配〔55〕賠〔213〕拍白

s〔213〕塞

ts〔55〕賊

tʂ〔55〕擇白〔213〕窄摘側白。~歪

tʂʰ〔213〕拆

x〔213〕黑

ou

t〔31〕豆〔55〕抖

l〔55〕樓

k〔31〕夠〔55〕狗〔213〕鉤

ŋ〔55〕藕

kʰ〔55〕口

ʂ〔31〕瘦壽〔55〕手

tʰ〔55〕頭〔213〕偷

ts〔31〕做老〔55〕走

tʂ〔213〕州粥

tsʰ〔31〕湊

tʂʰ〔31〕臭〔55〕綢愁〔213〕抽

x〔31〕後厚

ʐ〔31〕肉

iŋ

p〔31〕病〔55〕柄餅〔213〕冰兵

m〔31〕命〔55〕明名

t〔31〕定〔55〕頂〔213〕釘

l〔55〕領零

Ø〔31〕硬〔55〕蠅迎影贏營

ç〔31〕興姓〔55〕行形〔213〕星

pʰ〔55〕平瓶

tç〔31〕鏡靜〔55〕井〔213〕耕經更白

tçʰ〔31〕慶〔213〕清輕青

tʰ〔55〕停挺〔213〕廳聽

ã

p〔31〕扮辦半〔55〕板〔213〕班搬

m〔31〕慢〔55〕滿

f〔31〕犯飯〔55〕反〔213〕翻

t〔31〕淡〔55〕膽〔213〕單

n〔55〕南難暖~壺

l〔31〕爛〔55〕藍蘭懶

k〔55〕感敢〔213〕甘肝

ŋ〔31〕暗岸〔213〕安

kʰ〔31〕看

pʰ〔31〕判〔55〕盤

s〔55〕傘〔213〕三

ʂ〔31〕扇善〔213〕衫山

tʰ〔31〕炭〔55〕潭毯彈〔213〕貪

tʂ〔31〕占戰

tsʰ〔55〕蠶

tʂʰ〔55〕鏟產纏

x〔31〕漢汗〔55〕喊還副

ʐ〔55〕染

ɑŋ

p〔31〕棒〔55〕綁〔213〕幫

m〔55〕忙

f〔31〕放〔55〕紡房防〔213〕方

t〔55〕黨

n〔55〕暖~和

l〔31〕浪

k〔213〕鋼

kʰ〔213〕糠

pʰ〔31〕胖

ʂ〔31〕上~去。又〔213〕傷

tʰ〔55〕糖〔213〕湯

tʂ〔213〕張章

tsʰ〔213〕倉

tʂʰ〔31〕唱〔55〕長廠嘗

x〔31〕上~去。又

ʐ〔31〕讓

ẽ

p〔55〕本

m〔55〕門

f〔31〕糞〔55〕粉墳〔213〕分

k〔213〕根

ŋ〔213〕恩

kʰ〔55〕肯

pʰ〔55〕盆

ʂ〔55〕神〔213〕參深又身

tʂ〔31〕鎮震〔213〕針

tʂʰ〔31〕沉~底〔55〕沉~重陳辰〔213〕深又

x〔31〕恨〔55〕含

ʐ〔31〕任認〔55〕人

ə

p〔55〕薄〔213〕撥剝文

m〔31〕磨名末〔55〕磨動〔213〕摸

f〔55〕佛縛

k〔31〕個過老〔55〕鴿〔213〕歌割各郭又格文隔文

ŋ〔31〕餓〔55〕鵝額〔213〕惡

kʰ〔31〕課〔55〕可〔213〕渴殼刻文

ɭ〔31〕二〔55〕兒耳

pʰ〔31〕破〔55〕婆〔213〕潑

ʂ〔31〕射設蛇新〔55〕舌

t〔213〕得文

tʰ〔55〕特

tʂ〔213〕折

tsʰ〔31〕側文測

tʂʰ〔31〕撤〔213〕車

x〔31〕鶴〔55〕河盒

ʐ〔31〕熱

ɭ

ʂ〔31〕世柿事試市式〔55〕使時十實食石〔213〕師虱失

tʂ〔31〕制治〔55〕紙指侄直〔213〕知汁織

tʂʰ〔55〕池遲〔213〕尺吃

ʐ〔31〕日

əŋ

m〔31〕夢〔55〕猛

f〔31〕鳳縫〔213〕風豐封蜂

t〔31〕凳〔55〕等〔213〕燈

n〔55〕能

l〔55〕冷

k〔55〕梗〔213〕更文

kʰ〔213〕坑

pʰ〔55〕朋棚蓬

s〔213〕僧

ʂ〔31〕剩〔55〕繩省〔213〕升生聲

tʰ〔55〕藤

tʂ〔31〕證正〔55〕整〔213〕爭貞

tsʰ〔55〕層

tʂʰ〔31〕秤〔55〕程城

x〔31〕橫

ia

∅〔55〕牙啞〔213〕鴨

ɕ〔31〕下夏〔213〕蝦瞎

tɕ〔31〕嫁〔55〕假〔213〕角白

iã

p〔31〕變便〔55〕扁

m〔31〕面~孔麵~條〔55〕棉

t〔31〕店墊〔55〕點典

l〔55〕連蓮

ȵ〔31〕念〔55〕黏年

Ø〔31〕驗厭延~安〔55〕岩炎鹽嚴眼顏延~長言〔213〕煙

ç〔31〕限線現縣〔55〕咸險嫌顯〔213〕鮮先

pʰ〔31〕騙片

tç〔31〕劍件建健見〔55〕減剪〔213〕夾監甲尖間奸肩

tçʰ〔31〕欠〔55〕鉗淺錢前〔213〕簽牽鉛

tʰ〔55〕甜田〔213〕添天

iaŋ

l〔31〕亮〔55〕兩

ȵ〔55〕娘

Ø〔31〕樣〔55〕癢〔213〕秧

ç〔31〕像向項〔55〕想響降

tç〔31〕匠〔55〕講〔213〕漿姜江

tçʰ〔55〕搶

iɔ

p〔55〕表

m〔31〕廟

t〔31〕釣

l〔31〕料

ȵ〔213〕鳥

Ø〔31〕要藥〔55〕搖〔213〕腰約~一下

ç〔31〕孝校笑〔55〕小學白。上~〔213〕簫削白

pʰ〔31〕票

tç〔31〕轎叫〔213〕交焦腳角文。三~

tçʰ〔55〕橋〔213〕敲雀白殼地~

tʰ〔55〕條

iẽ

m〔55〕民

l〔55〕林鄰

Ø〔31〕印〔55〕銀引〔213〕音隱

ɕ〔55〕尋〔213〕心新

pʰ〔55〕品貧

tɕ〔31〕進勁近〔55〕緊〔213〕筋

tɕʰ〔55〕琴勤〔213〕浸金親

iɛ

Ø〔55〕矮

ɕ〔31〕蟹〔55〕鞋

tɕ〔31〕戒〔55〕解〔213〕街

iə

p〔55〕別〔213〕憋

m〔31〕滅篾

t〔55〕碟〔213〕跌

l〔31〕列

ȵ〔31〕孽捏又〔213〕捏又

Ø〔31〕夜葉業〔55〕爺野

ɕ〔31〕謝〔55〕寫斜協〔213〕歇血白

tɕ〔31〕借〔55〕姐傑截〔213〕接節結

tɕʰ〔53〕茄〔213〕切

tʰ〔213〕貼鐵

iou

t〔213〕丟

l〔31〕六〔55〕流

ȵ〔55〕牛

Ø〔31〕右幼〔55〕有油〔213〕憂

ɕ〔31〕袖〔213〕修休

tɕ〔31〕舅舊〔55〕酒九

tɕʰ〔55〕球

ɿ

s〔31〕四寺〔55〕死〔213〕絲

ts〔31〕字〔55〕紫子〔213〕資

tsʰ〔31〕刺〔55〕祠

ua

k〔31〕掛〔213〕瓜刮

kʰ〔213〕刮~皮兒

Ø〔31〕襪〔55〕瓦〔213〕挖

ʂ〔213〕刷

tʂ〔213〕抓

x〔31〕化畫話劃〔55〕華滑〔213〕花

uã

t〔31〕斷〔55〕短〔213〕端

n〔55〕暖溫~

l〔31〕亂〔55〕軟

k〔31〕慣〔213〕官關

Ø〔31〕萬〔55〕完碗頑晚〔213〕彎

kʰ〔213〕寬

s〔31〕算〔213〕酸

ʂ〔213〕閂

tʂ〔31〕賺傳~記〔55〕轉〔213〕磚

tʂh〔55〕傳～下來

tʂʰ〔55〕船

x〔31〕換〔55〕還動〔213〕歡

uɑŋ

k〔213〕光

Ø〔31〕旺〔55〕網王

kʰ〔55〕狂〔213〕筐

ʂ〔213〕霜雙

tʂ〔31〕壯撞又〔213〕裝椿

tʂʰ〔31〕撞又〔55〕床〔213〕瘡窗

x〔55〕黃〔213〕慌

uẽ

t〔213〕墩蹲

l〔31〕嫩〔55〕輪

k〔55〕滾困

Ø〔31〕問〔55〕蚊〔213〕溫

s〔213〕孫

ʂ〔31〕順

tʰ〔213〕吞

tʂ〔55〕準

tsʰ〔31〕寸〔213〕村

tʂʰ〔55〕唇純〔213〕春

x〔55〕魂〔213〕婚

uɛ

k〔31〕怪〔55〕拐

Ø〔31〕外〔213〕歪

kʰ〔31〕塊快

x〔31〕壞〔55〕懷

uə

t〔55〕躲奪〔213〕多

l〔31〕落降~〔55〕鑼螺

k〔31〕過新〔55〕果國〔213〕郭又

Ø〔213〕握

kʰ〔31〕闊~氣〔213〕闊寬~

s〔55〕鎖索

ʂ〔55〕所縮

tʰ〔213〕拖脫托

ts〔31〕左坐作做新

tʂ〔55〕鐲〔213〕桌

tsʰ〔31〕錯

x〔31〕貨禍〔55〕火活或文〔213〕霍

uei

t〔31〕對

l〔31〕類〔55〕雷

k〔31〕桂跪櫃貴〔55〕鬼〔213〕規龜

Ø〔31〕衛姓位味胃〔55〕衛保~危尾結~圍

kʰ〔213〕虧

s〔31〕碎歲〔55〕隨

ʂ〔55〕水

ts〔31〕罪醉〔55〕嘴

tʂ〔213〕追

tʂʰ〔55〕垂錘〔213〕吹

x〔31〕會〔55〕回或白〔213〕灰

uŋ

t〔31〕凍動洞〔55〕懂〔213〕東冬

n〔31〕弄〔55〕膿濃

l〔55〕榮聾龍容~器

k〔31〕共〔213〕公宮恭

Ø〔213〕翁

kʰ〔55〕孔

s〔31〕送宋〔213〕鬆~緊

tʰ〔31〕痛〔55〕桶銅統〔213〕通

tʂ〔31〕重種〔55〕腫〔213〕中終

tsʰ〔213〕蔥

tʂʰ〔31〕沖~著〔55〕蟲〔213〕充沖

x〔55〕紅〔213〕烘

y

l〔31〕律綠〔55〕呂

n̩〔55〕女

Ø〔31〕遇芋裕育玉浴〔55〕魚余雨

ç〔55〕徐許〔213〕宿

tç〔31〕鋸句劇〔55〕舉局〔213〕橘菊足

tçʰ〔31〕去文〔55〕取〔213〕渠區曲

yã

Ø〔31〕院〔55〕圓原園遠〔213〕冤

ç〔55〕選

tç〔55〕卷

tçʰ〔31〕勸〔55〕全權〔213〕圈

yẽ

Ø〔31〕閏運〔55〕匀雲

ç〔55〕筍〔213〕薰

tç〔31〕俊〔213〕均軍

tçʰ〔55〕裙

yə

Ø〔31〕月越約~摸

ç〔55〕學文。~習〔213〕靴雪血文削文

tç〔55〕絕決

tçʰ〔213〕缺雀文

yŋ

Ø〔31〕用〔55〕永擁容~易

ç〔55〕熊雄〔213〕兄松~樹凶

tç〔31〕粽

tçʰ〔55〕窮

第三節　濟陽方言與韻書音系比較

　　將《張氏音括》音系與張文煒從小耳濡目染的濟陽方言予以比較，可以加深對張文煒的審音原則、《張氏音括》與濟陽方言關聯的理解，還可以更為清晰地看出寫作旨歸在於描述共同語特徵的官話韻書的語音特色與方音之間的差異。

一、方言和韻書聲韻調系統的基本情況

表 27　《張氏音括》音系與今濟陽方言比較

	《張氏音括》	濟陽方言
聲母	23 個（含零聲母） p 幫、pʰ 滂、m 明、f 敷、t 端、tʰ 透、n 泥、l 來、ts 精、tsʰ 清、s 心、tʂ 照、tʂʰ 穿、ʂ 審、k 見一等、kʰ 溪一等、x 曉一等、ŋ 疑開影開、tɕ 見開口二等、細音、tɕʰ 溪開口二等、細音、ɕ 曉開口二等、細音、ʐ 日、Ø	24 個（含零聲母） p 布、pʰ 盤、m 莫、f 方、t 東、tʰ 同、n 南、l 蘭、ts 資、tsʰ 司、s 司、tʂ 支、tʂʰ 尺、ʂ 詩、ʐ 日、k 公、kʰ 可、x 好、ŋ 愛、tɕ 鷄、tɕʰ 啟、ɕ 西、ɳ 年、Ø
韻母	36 個（含舌尖元音、捲舌元音） a 迦、ia 加、ua 瓜 ə 歌、iə 結、uə 鍋、yə 訣 ɿ / ʅ 貲、i 饑、u 孤、y 居 ai 該、iai 皆、uai 乖 ei 祓、uei 傀 əu 鉤、iəu 鳩 au 高、iau 嬌 an 干、ian 堅、uan 官、yan 涓 ən 根、iən 巾、uən 昆、yən 君 aŋ 岡、iaŋ 薑、uaŋ 光 əŋ 庚、iəŋ 經、uəŋ 公、yəŋ 弓 ɚ 而	37 個（含舌尖元音、捲舌元音） a 馬、ia 家、uɑ 蛙 ə 個、iə 節、uə 窩、yə 月 i 一、ɿ 子、ʅ 只、u 烏、y 雨 ɛ 愛、iɛ 介、uɛ 歪 ei 得、uei 為 ou 頭、iou 有 ɔ 包、iɔ 腰 ã 班、iã 千、uã 官、yã 淵 ẽ 分、iẽ 心、uẽ 春、yẽ 閏 aŋ 幫、iaŋ 良、uaŋ 雙 əŋ 孟、iŋ 冰、uŋ 東、yŋ 兄 ɚ 兒
聲調	陰平 陽平（「南音無陽平」） 上聲 去聲 入聲（「北音無入聲」）	平聲 213 上聲 55 去聲 31

　　從上表可以看出，聲母方面《張氏音括》23 類，現代濟陽方言 24 類，方

言比《張氏音括》多了 ȵ 聲母，同時現代濟陽方言 tɕ、tɕʰ、ɕ 聲母的出現範圍遠大於《張氏音括》的出現範圍。韻母方面，舌尖元音分立為 ɿ、ʅ 兩類，同時方言中複合元音單元音化，陽聲韻鼻化，出現成套的鼻化元音 ã、iã、uã、yã 和 ẽ、iẽ、uẽ、yẽ。聲調方面，《張氏音括》的北音系統與今濟陽方言的聲調系統不同：《張氏音括》北音系統有陰平、陽平、上聲、去聲共計四個聲調，今濟陽方言的陽平、上聲合併為一個調類，因此只有三個聲調。

二、聲母方面的比較

《張氏音括》23 個聲母，在數量和種類上與現代濟陽方言相比相差不大。韻書與現代方言之間主要的差異有：

（一）《張氏音括》中不區分 n / ȵ 聲母，n 聲母既可拼合洪音又可拼合細音。今濟陽方言中區分兩類聲母，n 拼合洪音，ȵ 拼合細音。在前文對《張氏音括》聲母系統進行構擬時，我們已經討論了此問題。鑒於《張氏音括》韻圖中僅設一個位置將來自中古泥、娘母的字容納於內，因而認為張文煒將 n / ȵ 進行了音位化處理。而在濟陽方言中，n 聲母拼合細音時因逆同化作用而讀為 ȵ。

（二）《張氏音括》tɕ、tɕʰ、ɕ 聲母的出現範圍小於今濟陽方言中的出現範圍，《張氏音括》所反映的語音系統中見開二和見系細音已經齶化，而精組字仍然可以與細音相拼合。

（三）《張氏音括》中除止攝開口三等之外的日母字讀 ʐ，這也與今普通話的表現一致。但在山東方言中這部分字存在著多種讀音類型：山東方言東區較為一致地讀為零聲母，西區則較為複雜。濟陽方言中日母字讀音與韻母開合口有關，開口呼讀 ʐ 聲母，合口呼讀 l 聲母。《張氏音括》與今濟陽方言在日母字讀音上的差異詳見下表：

表 28 《張氏音括》與今濟陽方言日母字比較

《張氏音括》日母			方言
止攝開口三等		而耳二	ɚ
其他各攝	開口呼	日柔蹂輮仍人忍刃熱饒擾繞然蹨爇輯葇閏	ʐ
	合口呼	若蕤蕊枘如汝茹辱軟戎冗	l

《張氏音括》中的日母合口呼字均列入日母，如「蕤蕊枘」等字，與同韻的來母字「蠃壘累」等清晰分開，可見《張氏音括》日母合口呼字沒有與來母

相混的情況，這與濟陽方言中日母字的讀音類型不同。

聲母方面《張氏音括》與濟陽方言一致的情況有：見開二、見曉組細音讀為舌面音；知莊章合一，讀為捲舌聲母；影開一讀為ŋ等。其中影開一讀為ŋ這一現象值得予以關注。

《張氏音括》中影開一聲母讀為ŋ，這與濟陽方言和老國音的表現均相同，老國音中也設立了北京話中實際已不使用的 v、n̠、ŋ三個聲母。但《張氏音括》中未設 n̠聲母，與濟陽方言和老國音均不一致，但卻保留了ŋ聲母，在這一點上又與老國音和濟陽方言相同，張文煒對於 v、n̠、ŋ聲母的處理方式實質上是受到老國音和濟陽方言兩方面影響而做出的判斷（○表示二者一致的語音特徵，×表示二者不一致的語音特徵）：

表 29 《張氏音括》、老國音、北京音、今濟陽方言的 v、□、ŋ 聲母

	《張氏音括》	老國音	北京音	濟陽方言
v	×	○	×	×
n̠	×	○	×	○
ŋ	○	○	×	○

n̠聲母比較特殊，n / n̠的區別原因在於其後的介音，但實際上可歸為一個音位，因此《張氏音括》不區別 n / n̠更大的可能是出於語音系統性的考慮。而老國音中所具有的 v、ŋ聲母，《張氏音括》中有ŋ沒有 v，這種與老國音處理方式不同的處理方式卻與濟陽方言具有一致性。可見濟陽方言的聲母特點，對《張氏音括》的聲母判斷產生了一定的影響。

三、韻母方面的比較

從韻母方面來看，《張氏音括》與現代濟陽方音之間存在著一定的差異。但上文比較表中所呈現的某些不同點無法確證在實際語音史上是否存在這樣的差異，如 ai、au 組韻母是否發生了單元音化，以及鼻化韻的實際表現等。這些差異的出現與音系構擬時的處理方式有關，此處不予討論。可以找到確證的韻母方面差異均與聲韻拼合特點相關，現將其列舉於下：

（一）《張氏音括》中捲舌聲母仍可拼合細音。其中知莊章組聲母可以與撮口呼相拼，日母可以拼合齊齒呼、撮口呼，而今濟陽方言中捲舌聲母只拼合洪音。就撮口呼而言，《張氏音括》與老國音、北京音和今濟陽方言的處理方式均

不相同，但考慮到方言的發展，我們認為《張氏音括》中捲舌聲母仍可拼合細音的特點與當時的濟陽方言特點有關。

實際上在北京音中知莊章組早已不與撮口呼相拼合，如成書於明代的《等韻圖經》中知系字就已經全部讀為洪音，康熙年間成書的《拙庵韻悟》知系字也只拼洪音而不拼合細音。〔註4〕但在山東方言中，捲舌聲母可與撮口呼拼合的現象持續到更為晚近的時代。某些山東方言韻書如《等韻簡明指掌圖》中，知莊章聲母仍可與細音拼合，張樹錚先生認為「由 180 年前知三章組聲母後尚有 i、y 介音來看，中古知莊章組聲母曾經與前高介音共處了相當長的時間，而其後的細音變洪音只是比較晚近的事情」，這一聲韻拼合特點「反映了今知莊章不分的方言區原先聲韻結合的面貌」。〔註5〕濟陽與桓臺相去不到 100 公里，兩者均屬山東方言西齊片，《張氏音括》中知莊章與撮口呼的拼合是否可以說明清末的濟陽方言也具有這樣的特點呢？

《等韻簡明指掌圖》所反映的是 18 世紀末 19 世紀初的新城（今山東桓臺）方言，此時的知三章組聲母可與細音拼合。今桓臺方言中並未出現知莊章二分的現象，但問題是，現代桓臺方言中的 tʂ、tʂʰ、ʂ、ʐ聲母發音時，仍然會有相當數量的發音人舌尖不翹，形成一種聽感近於 tʂ、tʂʰ、ʂ、ʐ但卻又帶有舌葉音發音色彩的中間狀態。這樣的發音特點或許可以解釋知三章組韻母與細音的拼合現象，雖然 tʂ、tʂʰ、ʂ一類聲母無法與-i、-y 拼合，但是 tʃ、tʃʰ、ʃ一類的舌葉音是可以與細音拼合的。《中原音韻》中知二莊與知三章組字，除支思、東鍾兩韻相混外，其他各韻均不相混，寧繼福先生指出《中原音韻》中 tʂ、tʂʰ、ʂ與 tʃ、tʃʰ、ʃ雖然是一個音位，但實際上是兩個音值。〔註6〕這種 tʂ、tʂʰ、ʂ與 tʃ、tʃʰ、ʃ的對立在後來的北方官話中合流了，前面提到的反映北京語音的韻書中知莊章組字均只拼合洪音而不拼合細音的現象便是合流的表現。但在山東方言中並非如此，山東方言的某些特點至今仍保有某些更為古老的特色，正如俞敏先生所言，「《中原音韻》保存在山東海邊兒上」。雖然今桓臺方言中知莊章合流，但多數人發音中帶有的舌葉色彩以及《等韻簡明指掌圖》中對知莊章聲母拼合細音的處理仍然提示我們，這種合流實際上並不是太早的事情，

〔註4〕耿振生：《明清等韻學通論》，北京：語文出版社，1992 年版，第 151 頁。

〔註5〕張樹錚：《方言歷史探索》，呼和浩特：內蒙古人民出版社，1997 年版，第 72 頁。

〔註6〕寧繼福：《中原音韻表稿》，長春：吉林文史出版社，1985 年版，第 213～214 頁。

甚至可以說直至今日的桓臺方言都沒有徹底完成舌葉音向捲舌音的轉變。那麼與桓臺相距不遠的濟陽,清末仍然沒有完成古葉音向捲舌音的轉變也是很有可能的。

《張氏音括》中知莊章組聲母可與撮口呼拼合的特點無法用當時北京音的面貌予以解釋,應當是張文煒受到山東方言影響的結果。但由與之情況相類的《等韻簡明指掌圖》和今桓臺方言來看,《張氏音括》中的知莊章拼合細音並不能認為是知二莊與知三章二分的表現,而應當理解為當時的濟陽方言中合一的知莊章聲母仍帶有部分舌葉色彩,因而可與撮口呼相拼。這種方言中的拼合現象對張文煒的編纂過程造成了一定的干擾,使其認為知莊章組合流成的《張氏音括》「照穿審」組聲母可以拼合撮口呼,進而形成了目前所見的拼合特點。

(二)《張氏音括》中唇音可以拼合口呼,如「杯胚枚」等字在《張氏音括》中被列入合口呼傀韻,而今濟陽方言中唇音不拼合口呼。《張氏音括》中的唇音字與今濟陽方言、北京音和老國音處理方式均不相同,但這種唇音拼合口呼的現象並不是清代濟陽方言的遺存,我們以《等韻簡明指掌圖》的例子說明這一點。

《等韻簡明指掌圖》中唇音可以拼合口,而且在同一韻內唇音開口與合口有對立,如「岡攝」開口正韻(開口呼)有「邦榜謗」,合口正韻(合口呼)有「梆綁傍」。[註7]「邦榜謗梆綁傍」均為《廣韻》開口呼,而在《等韻簡明指掌圖》中卻出現開合對立,說明這種對立並不是張象津遷就舊韻書的結果,且應當是實際語音的表現。但《張氏音括》中今音相同的唇音字分置於開口呼、合口呼之中的情況卻與此不同,如《張氏音括》開口呼庚韻收有「溯溯倗」,合口呼公韻收有「蓬莑」,這兩組字今音相同但卻分置於開、合之中,看似出現了對立。但實際上《廣韻》中這兩組字開合有別,張文煒改編《廣韻》而成的《張氏音辨》中,這部分字也以開合的不同在韻圖上產生對立,《張氏音括》中以按語的形式注明「按幫滂明重唇三攝北轉為一等開口音,惟孤、公兩韻不在此例」,可見當時的實際語音中這部分字音已經轉變為開口呼,因此這種開合對立並不能作為實際語音有此種現象的確鑿證據。但《張氏音括》稱其為「轉」,且在韻圖中對這部分字的安排與《廣韻》的安排是一致的,可見《張氏音括》中的安排方法是出於「正音」目的依照《廣韻》設立的對立。

〔註7〕張樹錚:《清代山東方言語音研究》,濟南:山東大學出版社,2005年版,第56頁。

四、聲調方面的比較

《張氏音括》與現代濟陽方言之間存在的聲調差異，主要表現在陽平調究竟是獨立存在，還是與上聲調合為一類之上？我們將《張氏音括》「五聲譜」中歸入「陽平」「去聲」兩類的字拈出予以分析，發現這兩類字的歸類都與其中古音韻地位相合，並未出現特殊歸字，因此我們認為這種做法是張文煒刻意按照官修韻書選擇例字的產物但同時也需要注意，《張氏音括》「五聲譜」以韻圖形式繪製，收字較少，難以得出十分確鑿的結論，認為張文煒完全擺脫了其母方言的影響。但至少就目前所見的表現來看，我們認為，至少說明張文煒在挑選例字時格外用心，盡可能地排除了其母語濟陽方言作為三調方言而對選擇聲調例字的影響。其「存雅求正」之傾向，可見一斑。

《張氏音括》代表南音系統的「八音譜」中設置入聲，但是在其北音系統中實際上是不存在入聲的。這與佛爾克記錄的一百多年前的濟南方言、今濟陽方言都是相同的，也與北方官話方言區絕大多數方言點相同。

五、濟陽方言與《張氏音括》的正音原則

通過上文的比較可以發現，雖然《張氏音括》中並未提及與濟陽方言有關的內容，但濟陽方言的語音特點對張文煒正音原則也產生了一定的影響。如《張氏音括》中 v、ŋ 聲母的處理方式與北京音、老國音和濟陽方言相較，與濟陽方言的一致性更為明顯。知莊章聲母與撮口呼的拼合，雖然與今濟陽方言的表現不一致，但以清代濟陽附近的方言韻書材料來看，清末民初的濟陽方言中捲舌聲母很有可能還帶有一定的舌葉色彩，是可以與細音相拼合的。

但《張氏音括》音系更大程度上受到明清官話的影響，如對精組字細音的處理、日母合口呼字讀為 ʒ 等都與濟陽方言的情況不一致，但與明清官話音系相一致。這與其編制目的有關，《張氏音括》並非為反映鄉音而編制的方言韻書，其編寫目的在於為學生學習國語提供參考，因而不可能以方言音系為主。然而張文煒在審音的過程中仍不可避免地受到了方言的影響，出現了與北京音、老國音和明清時期的其他官話韻書都不一致的處理方式，這也可以說明張文煒年少時習得的讀書音帶有方音色彩，致使他「研究等韻之學垂三十載」後仍然不免受到方言因素影響，也可推知清末的官話音系並沒有統一的標準。

第九章 《張氏音括》的音系性質

　　只有確定了語音性質的韻書音系，才能在進一步的研究中作為可靠的材料使用。對語音性質進行判斷，需要瞭解韻書編訂時作者所依據的語音標準。前文已經對《張氏音括》音系系統進行了分析，並將其與其他近代韻書、老國音和今濟陽方言進行了比較。在綜合《張氏音括》的音系特點和與其他材料的比較結果之後，我們認為《張氏音括》反映的是清末民初的北方官話音系，同時又帶有一定的濟陽方言色彩。

第一節 《張氏音括》表現北方官話音系

　　「官話」就是近代漢民族的共同語，但對於「官話」的界定諸說紛紜。耿振生轉引清儒阮元的說法：「爾雅者，近正也；正者，虞夏商周建都之地之正言也；近正者，各國近於王都之正言也。」「正言者，猶今官話也；近正者，各省土音近於官話者也。」耿書認為這應當代表了清中葉以後的觀念，但同時又指出其實明清兩王朝都不曾對官話規定過標準，明清等韻學著作中的「官話」是說話者憑藉著「正音」的觀念把別處方音的部分內容和基礎方音結合在一起，去掉一些較「土」的成分，增加一些「文」的成分，就是他們心目中的官話。〔註1〕結合張文煒的生活經歷，他少時所接觸到的官話就是此類，《張氏音括》的北音系統反映的語音性質也與此相同。

〔註1〕耿振生：《明清等韻學通論》，北京：語文出版社，1992 年版，第 119～121 頁。

一、從作者的生平和編寫目的看《張氏音括》的音系性質

汪家玉為《張氏音括》所作序言中指出「民國三年餘任省立第二中學校事，越兩載即聘先生授國語一科」，「遂造三十四音表以授學生」。此處的「三十四音表」便是後來《張氏音括》「韻目三十四音表」「三十四音切音表」的前身，可見《張氏音括》一書是張文煒在蘇州任教時所著。

「先生之意謂學習國語須從辨音入手，而於音韻之道亦可稍窺門徑」，可見其編寫目的是便於學生學習，實質上是一部教授通語的語言教科書，所採用的顯然是官話音系。在外地任教，自然不能以方音為標準音，且所授科目為「國語」，這就要求張文煒編制此書時應當以通語為語音基礎。由此來看，《張氏音括》的基礎音系應當是官話音系。

張文煒在另一部著作《張氏音辨》中也指出「方今風氣棣通，文化競進，泰西科學發明日新月異。學者迻譯西籍，必精西文，欲精西文，必先辨明中文之讀音。」可見張文煒所認同的標準語音是官話語音系統，其作品所反映的自然也是官話音系。

二、由《張氏音括》與其他官話韻書的比較看其語音性質

在前面的章節中，我們對《張氏音括》和其他韻書的音系進行了比較，這可以為《張氏音括》語音性質的確定提供參考。現將《張氏音括》與《中原音韻》《韻略匯通》《五方元音》三部反映官話音系的韻書比較結果概括如下，從中可以看出《張氏音括》的官話語音特質。

表 30 《張氏音括》與《中原音韻》《韻略匯通》《五方元音》音系比較

	聲　母	韻　母	聲　調
中原音韻	21 類，有 v，有 ŋ	19 韻，有 -m	4 聲，陰平、陽平、上聲、去聲。入聲派入上、去、入三聲。
韻略匯通	20 類，有 v，無 ŋ	16 韻，無 -m	5 聲，平、下平、上、去、入。入配陽聲
五方元音	19 類，無 v，無 ŋ	12 韻，無 -m	5 聲，上平、下平、上、去、入。入配陰聲。
張氏音括	23 類，無 v，有 ŋ	14 韻，無 -m	5 聲，陰平、陽平、上、去、入但指出「北音無入聲」，實際上北音系統只有陰平、陽平、上、去四聲。

從比較結果可以發現，《張氏音括》與前代韻書相比，在很多問題上都具有創新的特質，且這些創新與官話方言的發展方向是一致的。比如在聲母方面：知莊章合流；舌面音 tɕ、tɕʰ、ɕ 產生；v 聲母消失等，這些創新與官話語音的古今演變是一致的。韻母方面：-m 尾消失；四呼的確立等，這與官話語音的歷史演進也是一致的。聲調方面：雖然在創制韻圖時設置入聲，但又指明「北音無入聲」「北於入聲有變有轉，俱消納於陰陽上去四聲之中」，入聲的這種歸派方式與北方官話的消失方式是一直的，而與濟陽方音存在差別。即使是在為表現南音而設的「入聲同用表」裏，也將入聲兼配陰陽，在一定程度上反映了官話音系中入聲消失的事實。

三、由《張氏音括》的音系特點看其語音性質

前面對《張氏音括》的討論說明此書所反映的是清末民初的官話音系，且張文煒屢次提及「北音」，也提示我們此書與北方官話密切相關。黎新第先生曾提出判定北方系官話的八條標準：無獨立入聲；莊組字沒有併入精組字；不區分尖團；有翹舌聲母；有捲舌韻母；古泥來二母不相混；古桓韻與刪、山兩韻合口同音；古臻、深兩攝與梗、曾兩攝韻尾不混。〔註2〕將這八條標準依照聲母、韻母、聲調三方面特點與《張氏音括》分別進行比較，可以發現《張氏音括》語音系統的特點與之十分貼合。

表 31　《張氏音括》與北方系官話判定標準比較

	判別標準	《張氏音括》表現	是否符合
聲母	莊組字沒有併入精組字	中古莊組聲母與知、章組聲母合流，成為「照穿審」組聲母。中古精組聲母合併為「精清心」組聲母。莊組字與精組字不混同。	符合
	不區分尖團	見組字齶化為 tɕ-組，但精組細音未發生齶化，實際上出現了尖團音的分立。	不符合
	有翹舌聲母	中古知莊章組聲母合流為「照穿審」組聲母，日母非止開三的字讀為 ʐ。	符合
	古泥來二母不相混	中古泥、來聲母字仍歸為泥、來聲母，兩者不相混。	符合

〔註2〕黎新第：《明清時期的南方系官話方言及其語音特點》，載《重慶師院學報(哲社版)》，1995 年第 4 期，第 81～88 頁。

	有捲舌韻母	中古日母止開三的字被歸入「而音」，屬「等外捲舌」韻母。	符合
韻母	古桓韻與刪、山兩韻合口同音	書中沒有桓韻合口呼的例字，但這恰恰說明桓韻合口呼字與其他韻的字合流。	符合
	古臻、深兩攝與梗、曾兩攝韻尾不混	區分前鼻音韻尾和後鼻音韻尾，兩者不相混同。	符合
聲調	無獨立入聲	明確指出「北音無入聲」。	符合

　　《張氏音括》的音系特點與北方官話標準相比，絕大多數都相同。所見的唯一一條不相同特點是關於尖團音的，《張氏音括》中精組字細音未發生齶化，而見組細音已經發生齶化，因而二者不同音。但黎先生以「敦煌俗文學別字異文中，就已經有個別精見二系字相代的例子」、《韻略易通》《圓音正考》所反映的北京話不分尖團的實際情況，將不區分尖團作為判別北方官話的標準之一，本身就是存在一定問題的。今北方官話區有相當數量的方言點仍然區分尖團，可見尖團音的合流軌跡相當漫長且至今仍處於變化過程，那麼從歷史的角度來看，在更早的時期區分尖團的北方方言點數量更多，且尖音和團音之間的音值差異應當更大。

　　山東方言中除了東區膠遼官話區分尖團外，西區的冀魯官話區、中原官話區的部分方言點也區分尖團，如菏澤、東明、曹縣、單縣等地方言中尖音字今讀為 ts- 類，團音字則讀為 tɕ- 類。晉語作為西北方音的重要代表，其中保有一定數量至今尖團不混的方言點，與敦煌俗文學別字異文中個別精見二系字相代的例子綜合考量，似乎說明唐五代時期的西北方音僅有個別的尖團相混例字，難以將其作為西北方音的整體面貌予以論定。自元代以降，北京作為中國的政治中心，其人口流動速率快於其他地區，在語言發展速度上往往也較為迅猛。因而黎先生以北京話的尖團分混與否作為北方系官話的判定標準，似乎也存在樣本選取上的問題。《張氏音括》中的尖團部分現象與清代的其他山東方言資料相吻合，在現代山東方言中也能找到與之相類的方言點，且北方官話中區分尖團的方言點也是實際存在的，因而並不能以《張氏音括》中的尖團分立現象否認其語音基礎為北方官話。而應該考慮到老國音對中古精組字的處理方式對《張氏音括》音系的影響，從這一方面來說，《張氏音括》與老國音在精組字細音上相同的表現恰恰可以說明張文煒審音時對官話音系的重視。

四、由《張氏音括》與其他材料的比較看其語音性質

由緒論中的介紹可以發現，雖然《張氏音括》完成於張文煒任教於蘇州期間，但是張文煒對音韻學的研究始於其濟陽生活時期。張文煒出生於濟陽，他的母語應當是濟陽方言。但張文煒在書中大量運用「南音」「北音」的一組對立概念，從未明確提及一地的方音，也沒有明確點出「濟陽方言」「國音」（從《張氏音括》的成書時代來看，此時的「國音」當指「老國音」）或者「北京音」之類的稱名。由此可見《張氏音括》並非拘泥於一地方音或既有的國音體系，而是以北方官話方言作為描寫對象。但為了穩妥起見，我們還是將《張氏音括》的語音特點與濟陽方言、「老國音」、「北京音」進行比較，以判斷其準確音系性質。

通過歸納第二章、第三章、第四章對《張氏音括》聲母、韻母、聲調特點的分析，我們歸納出此書北音系統在聲韻調三方面的特點，現將其分述如下：

（一）聲母方面。1.全濁聲母清化。2.非敷奉母合流。3.知莊章組聲母合流。4.區分泥來母。5.區分尖團音。6.中古喻母字、微母字、影母合口字、日母止攝開口三等字變為零聲母。7.區分疑母與影母，絕大多數疑母字尚未變為零聲母，但也有少部分中古疑母字與影母字發生混同。8.日母單獨存在。

（二）韻母方面。1.絕大多數見系開口二等字已經產生 i 介音，但還存在個別特殊字。2.中古知莊章組聲母、日母可以與撮口呼韻母相拼合。3.蟹止攝來母字讀合口。4.果攝開口見系字與非見系字主元音相同。果攝開口見系字與非見系字均被收在「歌」韻。5.假攝開口三等字與蟹攝開口二等字韻母不同。6.中古-m 尾韻與-n 尾韻混並。7.中古入聲韻字不再具有單獨的塞音韻尾。

（三）聲調方面。1.實際有陰平、陽平、上聲、去聲四個聲調。2.平分陰陽。3.濁上變去。4.中古入聲調消失，讀為舒聲。

接下來，我們將上面歸納總結的聲韻調特點與「老國音」（依據《國音字典》）、與《張氏音括》成書時代相近的「北京音」（依據威妥瑪《語言自邇集》）、現代濟陽方言進行比較（✓表示相同，×表示不同，✓×表示有同有異）：

聲母比較

書中特點	1	2	3	4	5	6	7	8
「老國音」	✓	✓	✓	✓	✓	✓×	✓	✓

| 「北京音」 | ✓ | ✓ | ✓ | ✓ | × | ✓× | × | ✓ |
| 今濟陽方音 | ✓ | ✓ | ✓ | ✓ | × | ✓× | × | ✓ |

韻母比較

書中特點	1	2	3	4	5	6	7
「老國音」	✓	×	✓	✓	✓	✓	✓
「北京音」	✓	×	×	✓	✓	✓	✓
今濟陽方音	✓	×	✓	✓×	✓	✓	✓

聲調比較

書中特點	1	2	3	4
「老國音」	×	✓	✓	×
「北京音」	✓	✓	✓	✓
今濟陽方音	×	✓×	✓	✓

　　從上面表格的比較中可以發現，《張氏音括》「北音」系統的語音特點與「老國音」、時代相近的「北京音」、現代濟陽方言的語音特點均是有同有異。其中「異」的具體表現有以下幾條：

　　1.《張氏音括》「北音」區分尖團音，這與「老國音」的表現一致。但《語言自邇集》中已經尖團合流，如精組細音字「絕爵」與見組細音字「角」都採用「ch」標記聲母部分、精組細音字「秋搶」與見組細音字「輕卻」都採用「ch』」標記聲母部分、精組細音字「心西小」與見組細音字「兄學」都採用「hs」標記聲母部分。今濟陽方言也不區分尖團，如「精=經」「輕=清」。

　　2.《張氏音括》「北音」中出現的中古喻母字、微母字、影母合口字、日母止攝開口三等字，其聲母都讀為零聲母。「老國音」為中古微母字設置了「万」聲母，其音值為v，但同時又指出這一聲母「其原字之今音已變古，字母則取原字舊音之聲」，除微母字之外的上述中古聲母字在「老國音」中都讀為零聲母，但不為其設置專屬符號，而是為零聲母情況設置了「但用一韻母」的注音條例。《語言自邇集》的零聲母情況比較複雜：其中出現了三個與零聲母有關的符號「ng」「y」「w」，其中「ng」出現在開口呼的零聲母位置，「y」出現在齊、撮二呼的零聲母位置，「w」只出現在合口呼的零聲母位置。今濟陽方言中，來自中古影、疑母開口一等的字，其聲母讀為ŋ，除此之外的中古微疑影云以母字、日母止攝開口三等字的聲母則讀為零聲母。

3.《張氏音括》「北音」區分疑母與影母，絕大多數疑母字尚未變為零聲母。這與「老國音」的表現一致，「老國音」未將中古疑母字歸入零聲母，而是將其單列為「兀」聲母，讀為後鼻音。而《語言自邇集》的影疑母字、今濟陽方言中的影疑母字，已經混而不分（分讀為ŋ／零聲母兩類的表現，只與其是否屬於開口呼有關，在等呼條件一致的情況下，影疑母字的聲母讀音類型也一致）。

4.《張氏音括》「北音」中的中古知莊章組聲母、日母可以與撮口呼韻母相拼合。「老國音」、《語言自邇集》、今濟陽方言中，這部分聲母都不能與撮口呼韻母相拼合，相應音節均改讀為相應的合口呼。

5.《張氏音括》「北音」中的蟹止攝來母字讀為合口。這與「老國音」和今濟陽方言的表現一致，而與《語言自邇集》表現不同。

6.《張氏音括》「北音」中果攝開口見系字與非見系字主元音相同。這與「老國音」和《語言自邇集》的表現一致，而今濟陽方言中這部分字表現特殊：這兩類字涉及到新老派讀音不同的情況，老派讀音中往往與《張氏音括》表現相同，而新派讀音中這兩類字讀音往往不同。

7.《張氏音括》「北音」系統實際有陰平、陽平、上聲、去聲四個聲調，這與《語言自邇集》情況一致。「老國音」有陰平、陽平、上聲、去聲、入聲五個聲調，今濟陽方言則只有平聲、上聲、去聲三個聲調，陽平與上聲在今濟陽方言中以及合流為一個調。

8.《張氏音括》「北音」系統平分陰陽，今濟陽方言的平聲只收中古陰平字，中古陽平字與上聲字聲調合流。

9.《張氏音括》「北音」系統已經沒有獨立的入聲調，這與《語言自邇集》、今濟陽方言一致，但「老國音」保留了入聲。

上述九條相互之間存在差異的語音特點，能為我們判斷《張氏音括》「北音」系統的音系性質提供怎樣的參考？需要注意的是，《張氏音括》「北音」、「老國音」、《語言自邇集》、今濟陽方言之間，與零聲母有關的第 2、3 兩條差異實際上是不同材料進行音位歸納時存在不同的傾向與處理方式所致，ŋ／y／w 和零聲母並不存在音位對立，不同材料出現處理層面的差異也可以理解。第 4 條不同點是濟陽方言的古今差異造成的，說詳見後文。與濟陽方言的陽平、上聲有關的表現，究竟是張文煒向「正音」靠攏的結果，還是濟陽方

言百年間發生了從四調方言向三調方言的演變，暫時也難得確解，為穩妥起見亦將其付諸闕如。

當排除上述幾條存在岐解的差異性語音特點之後，可以發現《張氏音括》「北音」系統與「老國音」、《語言自邇集》相較，在語音特徵上更接近於「老國音」。做出這一判斷的理由是：（1）當「老國音」與《語言自邇集》所反映的清末北京音之間存在齟齬時，《張氏音括》「北音」的處理方式與「老國音」一致的表現占居主流，如是否區分尖團音、蟹止攝來母字是否讀為合口等。（2）《張氏音括》「北音」與「老國音」表現不合，而與《語言自邇集》表現一致的語音特徵只有一條，那就是是否保留入聲調。但問題在於：第一，當時的北方官話中入聲消失是實際存在的語言事實，濟陽及臨近的濟南方言中當時也已沒有獨立的入聲調（清末傳教士 Alfred Forke 在其 *A comparative study of Northern Chinese dialects* 中記錄的濟南方言材料可為佐證），很難說《張氏音括》「北音」取消入聲調的做法一定是依據當時的某一確定方言點，而非依據更大範圍的「北方官話」區共性。第二，「老國音」之所以保留入聲，其考慮乃是「普通音即舊日所謂官音，此種官音，即數百年來全國共同遵用之讀書正音」，因此出於強調書面音系「正音」地位的目的設置了入聲。也即這本身就是一種「設定」性質的聲調，而非具有實際語音基礎的「描寫」。

從上面的分析來看，《張氏音括》「北音」系統與「老國音」具有較強的一致性，與「老國音」存在明顯區別的入聲調問題，也可以從「老國音」與《張氏音括》「北音」的審音原則存在區別的角度予以解釋。這樣，《張氏音括》「北音」系統的音系性質實際是張文煒對「老國音」系統的修訂。此外，某些濟陽方言與官話語音不同的讀音特點，如日母字在合口呼前讀為 l 聲母、n / ȵ 的區別等，在《張氏音括》中均以官話語音為準，也可看出張文煒的正音原則是以官話音系為準則的。

綜上所述可以發現，《張氏音括》「北音」的聲韻調系統與「老國音」系統關係密切，但又加入了張文煒的個人修訂，並不能認為《張氏音括》是嚴格依據「老國音」所編的、亦步亦趨的國語教學配套指導書，而是張文煒基於個人對官話的理解編纂的產物。綜合來看，《張氏音括》的特點與官話方言的演變方向是一致的，張文煒在編制《張氏音括》一書時的正音原則也是以明清官話音系的通例加之北京音的實際情況為准予以確定的。因此《張氏音括》所體現的

是當時的北方官話特徵。

第二節　《張氏音括》音系受到濟陽方音影響

《張氏音括》的編纂目的決定了其基礎音系為北方官話音系，但不應忽視的是當時的共同語教育絕非如現在一般，具有確定的標準音系。清末民初的諸多國語教科書在審音上往往出現諸多差異，說明當時的「官話」或稱共同語在語音上並沒有制定出明確的規範。張文煒對「近出之《國音字典》」進行批評，認為其「切音諸多不合」，也說明老國音也未得到其完全認同。可見清末民初的研究者所稱的「官話」「國語」等，雖然具有共同語的性質，但在內容上往往帶有個性化色彩。

耿振生先生曾論及這一現象，指出方言會對官話有很大影響：「官話到了不同的地方，會在不同程度上接近當地的方言，吸收一些當地的語音成分，這樣就形成地區性的官話變體，在不同的地區，不同的社會集團中，講的不是完全一致的一種官話」。〔註3〕張文煒在以北方官話音系為基礎建構他心目中的「國語」時，會不會不可避免地受到濟陽方言的影響，使得《張氏音括》的音系帶有一定的濟陽方音特色呢？我們在分析《張氏音括》語音特點的過程中，發現其確實在一定程度上受到了濟陽方言口語讀音的影響，也即是按照張文煒個人對「官話」的理解對「老國音」進行修正，修正過程中又雜入了濟陽方言的雜糅性質的「讀書音」。

一、張文煒對待方言的基本態度

張文煒在編制《張氏音括》時，並未像前代的某些等韻學家一樣貶斥方言。而是往往以方言語音作為審音的佐證或借用方音語音現象來說明某些現象，表現出一種通達的對待方音的態度。如：

1. 按上即《類音》五十音某音歸某母、所攝某音由某母所轉、某音自某母所變，庶南北方音可以按圖考證。(「濁音字母歸併表」)

2. 按陰平聲遇疑泥明來日五母均屬有音無字之位，從字本濁母應作清字，微母在北音並喻為深喉音之陽平聲，此位應作影字。

〔註3〕耿振生：《明清等韻學通論》，北京：語文出版社，1992年版，第121頁。

（「方以智二十字母」）

    3. 按如真所編字母施之於南音甚合，蓋北音於微母字音概變作深喉濁音，與喻母字音同。南音則不然，輕唇自輕唇，深喉自深喉，二音迴然各別。惟輕唇各音指掌圖皆收入撮口，近章太炎氏所著《國故論衡》謂為吟嘯之聲，非語音也，良然。今讀音欲望圓足，非改從十二攝歸入合口不可。故開口齊齒仍各攝二十音，撮口仍攝十七音，獨合口各韻南音應每攝二十二音。（「李如真二十二字母」）

由這些敘述可以看出，張文煒在審音的過程中常常參照方言予以解釋、歸韻，反映了一定的方言特色。雖然書中列舉的方言實例沒有明確說明濟陽方言之處，但由張文煒借用方言知識幫助審音辨韻來看，他在編纂此書時並未對方言語音差異予以迴避，因而《張氏音括》並未刻意抹煞活的方言影響。

二、由《張氏音括》與現代濟陽方言的比較看其方音特色

通過對《張氏音括》音系的分析可以發現，其中的部分特殊表現是有別於官話音系語音特徵的，但同時與濟陽方言關係密切，具體如下：

1.《張氏音括》中有 ŋ 沒有 v，這種處理方式與老國音不同。《張氏音括》中記載了與 ŋ 聲母相關的審音依據：「微母在北音並喻為深喉音之陽平聲，此位應作影字」。但實際上當時的北京音中影母開口字在當時已經變為零聲母。具體到此處的 ŋ 聲母處理方式來看，《張氏音括》與濟陽方言具有一致性。

2. 考察《張氏音括》中與舒聲字發生混並的中古入聲字，可以發現其讀法多與今濟陽方言的白讀音情況一致。如與陰聲韻混同的一部分曾攝開口一等字被歸入「祓」韻，如「墨勒」，與「被美」等字歸於同一韻內。此類字在今濟陽方言中文讀韻母為「ə」，白讀韻母則為「ei」，白讀音韻母與「被美」等字韻母相同。

3. 一些特殊字的安置也具有方言色彩。如：（1）《張氏音括》將「牛」字置於疑母位置。當然，「牛」《廣韻》語求切，本身就是個疑母字，如果將其視為是存古的做法可以說得通。但問題是，「牛」是一個很常用的字，「老國音」將其注音為「ㄏㄧㄡ」也說明其聲母在當時的通語中確實應當讀為 n。那麼，張文煒為何將其置於疑母位置？我們認為這與濟陽方言中「牛」有「ŋou」的口語讀法有關。（2）「鄒」字在北京音中聲母讀為 ts，濟陽方言中此字存在 tʂou / tsou

的異讀，《張氏音括》「北音」將此字置於「照」母所代表的捲舌音位置，我們認為這與濟陽方言中此字的異讀有關。

這些與官話音系語音特徵相較的不同之處，在方言中可以找到依據。那麼此處的「北音」很明顯應當是張文煒心目中的北方官話語音，但這種北方官話中混雜有某些與北京音不同的方言成分。張文煒所掌握的「官話」實際上是吸收了濟陽語音成分形成的帶有地域色彩的「官話變體」有關。可見濟陽方言特點，對《張氏音括》的審音和正音標準產生了一定的影響。

由此來看，《張氏音括》在反映官話方言音系的基礎之上又具有一定的方言特點，是以清末民初北方官話為主體，但又部分帶有濟陽方言色彩的音系。對《張氏音括》的研究，對於研究清末民初北方官話的語音特點、近代漢語向現代漢語演變過程中的語音變化，以及民國時期知識分子的「正音」觀念和國語運動史都具有一定的參考價值。

三、由《張氏音括》反映的濟陽方言特徵看古今差異與變化

《張氏音括》方言成分不多，與濟陽方言古今差異有關的表現，只有中古知莊章組聲母、日母與撮口呼韻母拼合時的相關表現。

今濟陽方言中，來自中古知莊章組聲母、日母的 tʂ-類聲母、ʐ聲母都不與撮口呼韻母相拼合。這種表現似乎在「官話韻書」中出現的年代很早，如成書於明代的《等韻圖經》中的知系字就已全部讀為洪音，康熙年間成書的《拙庵韻悟》知系字也只拼洪音而不拼細音。但在山東方言中，捲舌聲母可以與撮口呼拼合的現象一直持續到更為晚近的時代，如《等韻簡明指掌圖》中的中古知三章組、日母，其後的韻母還是「副韻」（此書中的「開口副韻」有 i 介音、「合口副韻」有 y 介音），與「合口副韻」拼合的情況與《張氏音括》「北音」的表現頗為相類。而濟陽與桓臺之間的地理距離並不太遠，兩者均屬山東方言西齊片。我們認為《張氏音括》中知莊章組聲母、日母與撮口呼韻母拼合的現象也可以做相類似的理解：當時的濟陽方言中有一部分捲舌聲母仍帶有部分舌葉色彩，因此可以與撮口呼相拼。而這種方言中的拼合現象對張文煒編纂《張氏音括》的過程造成了一定的干擾，使其認為知莊章組合流成的《張氏音括》「照穿審」組聲母可以拼合撮口呼，進而形成了書中所見的拼合特點。

結　語

　　在漢語語音史的研究中，時音韻書、韻圖材料向為學者所重。這是因為這部分論著，雖然不可避免地帶有「存雅求正」的傾向，在某些層面向「官話」靠攏，但由於我國古代並不存在現代意義上的、具有明確語音軌範的「共通語」，因此這些著作的作者所學習、使用的「官話」，實質上仍不可避免地帶有其母方言特點。在這樣的背景下，時音韻書、韻圖既可以為我們研究漢語官話語音史提供基礎資料，還能在某些程度上保存相應時代、特定地域的方音材料，為討論漢語語音演變提供了豐富的資料。此外，撰作這些著作過程中所反映的漢語音韻學思想、語言教學與語言規範化思想，還可以為考論學術史相關問題，提供來自語言學層面的實證證據。本研究以成書於民國十年（1921）、長期以來未見專文考論的濟陽張文煒《張氏音括》這一為教學國語而編制的、帶有明顯現代性特徵的等韻著作為基礎材料，對其語音資料進行整理，並結合其他韻書和反映濟陽鄰近地區歷時語音面貌的傳教士文獻、現代濟陽方言材料，採用歷史語言學的方法，比較全面地對《張氏音括》進行了系統研究，討論了此書的聲母、韻母、聲調特點，以及其所反映漢語的音系性質。

　　本書首先對《張氏音括》進行本體研究。介紹其版本與成書、作者情況、編纂體例等基本情況後，將重心放在此書「北音」所反映的聲韻調特點上，通過對韻圖的分析，並參考其他材料，構擬出此書的聲韻調系統。同時對若干問題進行重點討論，主要有：

　　（一）聲母方面。1.古知莊章三組聲母的分合。通過考察「音括二十字母」的體例，並結合書中的例字，指出《張氏音括》中知莊章三組聲母合一。2.齶化與尖團音。指出書中見開二的字已經發生齶化，見組細音也已變為舌面前音。在實際語音中，精組細音也已經齶化，但《張氏音括》仍然保留了精組拼合細音的語音格局，這與老國音的影響有關。3.日母字的讀音。從《張氏音括》的體例設置、例字選擇來看，其中的日母止攝字變為捲舌韻母，非止攝字聲母讀為 ʐ。

　　（二）韻母方面。1.聲韻拼合關係與撮口呼的範圍。對《張氏音括》的聲韻拼合情況以及撮口呼範圍大於現代漢語普通話中撮口呼出現範圍的現象予以考察。2.唇音聲母後的開合口情況。《張氏音括》唇音後開合口的區別並無辨意功能，是自由變體。3.陽聲韻韻尾讀音類型。《張氏音括》中古咸深攝字的韻尾已讀為 -n，與山臻攝合流。

　　（三）聲調方面。這一部分對《張氏音括》「北音」系統中的四聲歸派情況予以考察，發現其聲調系統與當時的官話語音已經十分一致了。但列入「南音」中的入聲字仍存在部分特殊現象，從中可以看出部分入聲韻字的文白異讀。

　　完成對《張氏音括》的本體研究之後，我們又將其與其他明清韻書進行比較研究。將《張氏音括》與《中原音韻》《韻略匯通》《五方元音》《韻學入門》《七音譜》進行對比。通過對比可以發現從《中原音韻》到《張氏音括》語音的發展變化。聲母方面主要表現為精見組字的齶化，知莊章的完全合流和 v 聲母的消失。韻母方面的變化主要是 m 尾韻與 n 尾韻的合流，撮口呼形成，塞音韻尾消失，韻類的合併與部分韻主要元音的變化。聲調方面的變化最為明顯的便是入聲的消失。而後探討《張氏音括》對前代韻書的繼承與發展。由《張氏音括》寫作過程中對前代韻書的徵引及對相關問題的討論，可以發現張文煒在繼承潘稼堂《類音》、李如真《書文音義便考私編》、方以智《切韻聲原》等前代韻書聲母系統的基礎上進行了改並，使之更加貼合時音面貌。《張氏音括》並未直接點明其韻母系統對前代韻書的繼承與改進，但從此書韻目代表字的選擇、韻圖的編排、等呼的稱名、舌尖元音的排列等特點來看，可以發現其與《韻法直圖》關係密切。通過比較可以發現，《張氏音括》的韻母系統帶有傚仿《韻法直圖》的色彩，但同時又依據時音特點對《韻法直圖》音系進行了改並。《張氏音括》的聲調系統與諸多明清韻書具有較強的一致性，但同時又帶

有時代特色——與「京國之爭」有著關聯，從中亦可看出張文煒對國音標準的思考與傾向。

　　由《張氏音括》的撰作時代背景、張文煒撰作此書的目的及其職業特徵等多方面來看，此書的編纂與當時的「國語運動」息息相關。因此我們又討論了《張氏音括》與老國音的語音特徵異同。通過《張氏音括》與老國音及與之時代相近的其他官話語音教材音系的比較，可以發現《張氏音括》音系與老國音基本一致，但在 v、ȵ、ŋ 聲母的處理、入聲的處理方面存在著歧異之處。這反映了張文煒的「正音」觀念及其在「京國之爭」中的傾向。

　　最後需要討論的是《張氏音括》的音系性質問題。從作者的工作經歷與編寫目的、書中「國語」的實際內涵、與其他反映官話音系的韻書的比較等方面來看，《張氏音括》確實應當歸為官話韻書，其「北音」乃是張文煒教習「國語」所依據的帶有「存雅求正」色彩的「官話」。但考慮到當時的實際情況，顯然不能將有可能對張文煒的語言學習產生影響的母方言——濟陽方言置之不顧。將《張氏音括》與現代濟陽方言進行比較，可以發現其間的異同：

　　聲母方面的明顯區別在於韻書中精組細音尚未齶化，舌面音僅與見系字有關；韻書中不區分 n / ȵ 聲母，n 聲母既可拼合洪音又可拼合細音。濟陽方言中區分兩類聲母，n 拼合洪音，ȵ 拼合細音；韻母方面，舌尖母音分立為 ɿ、ʅ 兩類，同時方言中複合元音單元音化，陽聲韻主要元音鼻化的同時失去韻尾，出現成套的鼻化元音 ã、iã、uã、yã 和 ẽ、iẽ、uẽ、yẽ；聲調方面，《張氏音括》的北音系統分為陰陽上去四聲，今濟陽方言則只有陰平、上聲、去聲三個聲調，陽平併入上聲。綜合來看，《張氏音括》在反映官話方言音系的基礎之上又具有一定的方言特點，是以清末民初北方官話為主體，但又部分帶有濟陽方言色彩的音系。

　　《張氏音括》的作者張文煒既有著傳統音韻學的學習背景，同時因為其中學國語教師的身份而接觸了語音規範化的思想。對此書所反映的「正音」思想予以關注、探討，可以為考論佔據近代中國知識階層中數量較多的中等知識分子的語言觀念，特別是其語音規範化觀念提供一個樣本。《張氏音括》音系與老國音之間的差異、《張氏音括》音系與當時的其他國語教材之間處理方式的差異，乃至當時的國語教材之間的差異，都可以為探討民國時期的「國語運動」提供參考。這些著作正音思想和觀念的差異，以及它們對「標準音」

的選擇，都可以作為現代漢語語音規範化史探討的重要標本予以考量。

當然，囿於時間、學力所限，本研究還有一些缺憾，這主要體現在用以作為比較材料的明清韻書、「老國音」著作數量仍然較少的層面。結合更多的傳統韻書、傳教士文獻、「老國音」著作，分析考辨其所提供的漢語語音史材料，並結合現代漢語方言的語音特點與類型分布，對《張氏音括》本體及其反映的漢語語音規範化相關問題的考論，將是我們今後努力方向之一端。

《張氏音括》音系研究

參考文獻

（參考文獻排序，悉依責任者姓氏漢語拼音音序排列）

一、古籍與研究基礎材料

1. 畢拱辰：《韻略匯通》，光緒十四年（1888）成文堂刻本。
2. 不題撰人：《圓音正考》，續修四庫全書第 254 冊影印乾隆八年（1743）存之堂刻本，上海：上海古籍出版社，2002 年版。
3. 方以智：《通雅》，影印康熙浮山此藏軒刻本，北京：中國書店，1990 年版。
4. 李登：《書文音義便考私編》，續修四庫全書第 251 冊影印萬曆十五年（1587）刻本，上海：上海古籍出版社，2002 年版。
5. 劉鑒：《經史正音切韻指南》，《等韻五種》影印嘉靖四十三年（1564）刻本，臺北：藝文印書館，1981 年版。
6. 盧戇章：《北京切音教科書》，「拼音文字史料叢書」影印 1907 年上海石印本，北京：文字改革出版社，1957 年版。
7. 潘耒：《類音》，續修四庫全書第 258 冊影印康熙遂初堂刻本，上海：上海古籍出版社，2002 年版。
8. 汪家玉：《華嚴字母音義》，蘇州：振新書社，民國十九年（1930）版。
9. 王照：《官話合聲字母》，「拼音文字史料叢書」影印 1906 年拼音官話書報社刻本，北京：文字改革出版社，1957 年版。
10. 張文煒：《張氏音括》，蘇州：江蘇省立第二中學校友會，民國十年（1929）版。
11. 張文煒：《張氏音辨》，山東文獻集成（第三輯）影印民國六年（1917）才記書局石印本，濟南：山東大學出版社，2007 年版。
12. 趙元任：《新國語留聲片課本》，北京：商務印書館，1922 年版。

13. 中華民國教育部讀音統一會：《國音字典》，北京：商務印書館，1921 年版。

二、近今人著作

1. 陳雪竹：《明清北音介音研究》，北京：中國社會科學出版社，2010 年版。

2. 高本漢著，趙元任、羅常培、李方桂譯：《中國音韻學研究》，北京：商務印書館，2014 年版。

3. 耿振生：《明清等韻學通論》，北京：語文出版社，1992 年版。

4. 耿振生：《20 世紀漢語音韻學方法論》，北京：北京大學出版社，2004 年版。

5. 何九盈：《中國現代語言學史》，廣州：廣東教育出版社，2005 年版。

6. 濟陽縣志編纂委員會：《濟陽縣志》，濟南：濟南出版社，1994 年版。

7. 濟陽縣志編纂委員會：《濟陽縣志：1991～2011》，北京：方志出版社，2016 年版。

8. 黎錦熙：《國語運動史綱》，北京：商務印書館，2011 年版。

9. 李方桂：《上古音研究》，北京：商務印書館，1980 年版。

10. 李清桓：《〈五方元音〉音系研究》，武漢：武漢大學出版社，2008 年版。

11. 李榮：《切韻音系》，北京：科學出版社，1956 年版。

12. 李思敬：《漢語「兒」〔ɚ〕音史研究》，北京：商務印書館，1984 年版。

13. 李新魁、麥耘：《韻學古籍述要》，西安：陝西人民出版社，1993 年版。

14. 李新魁：《〈中原音韻〉音系研究》，鄭州：中州書畫社，1983 年版。

15. 李新魁：《漢語等韻學》，北京：中華書局，1983 年版。

16. 羅常培：《唐五代西北方音》，北京：科學出版社，1961 年版。

17. 寧繼福：《古今韻會舉要及相關韻書研究》，北京：中華書局，1997 年版。

18. 寧繼福：《中原音韻表稿》，長春：吉林文史出版社，1985 年版。

19. 潘悟雲：《漢語歷史音韻學》，上海：上海教育出版社，2000 年版。

20. 錢曾怡：《山東方言研究》，濟南：齊魯書社，2001 年版。

21. 孫殿起：《販書偶記》，北京：中華書局，1959 年版。

22. 王力：《漢語史稿》，北京：中華書局，2013 年版。

23. 王力：《漢語語音史》，北京：中國社會科學出版社，1985 年版。

24. 王嗣鐊、盧永祥：《濟陽縣志》，上海：中華書局，民國二十三年（1934）版。

25. 楊劍橋：《漢語現代音韻學》，上海：復旦大學出版社，2012 年版。

26. 葉寶奎：《明清官話音系》，廈門：廈門大學出版社，2001 年版。

27. 張樹錚：《清代山東方言語音研究》，濟南：山東大學出版社，2005 年版。

28. 張樹錚：《方言歷史探索》，呼和浩特：內蒙古人民出版社，1997 年版。

29. 張鴻魁：《金瓶梅語音研究》，濟南：齊魯書社，1996 年版。

30. 張鴻魁：《明清山東韻書研究》，濟南：齊魯書社，2005 年版。

31. 張玉來：《韻略匯通音系研究》，濟南：山東教育出版社，1995 年版。

32. 張玉來：《韻略易通研究》，天津：天津古籍出版社，1999 年版。

33. 趙蔭棠：《中原音韻研究》，上海：商務印書館，1936 年版。

34. 趙蔭堂：《等韻源流》，北京：商務印書館，1957 年版。

35. 周賽華：《合併字學篇韻便覽研究》，武漢：湖北人民出版社，2005 年版。

36. 中國社會科學院語言研究所、中國社會科學院民族學與人類學研究所、香港城市大學語言信息科學研究中心：《中國語言地圖集》（第二版），北京：商務印書館，2012 年版。

三、期刊論文、會議論文、析出文獻

1. Alfred Forke：*A comparative study of Northern Chinese dialects*，*The China Review*，1894（3），pp.181～203.

2. 曹正義：《元代山東人劇曲用韻析略》，《山東大學文科論文集刊》1981 年第 2 期，第 64～73 頁。

3. 耿振生：《再談近代官話的「標準音」》，《古漢語研究》2007 年第 1 期，第 16～22 頁。

4. 郭力：《〈重訂司馬溫公等韻圖經〉體例辨析》，《古漢語研究》1993 年第 4 期，第 37～43 頁。

5. 陸志韋：《釋〈中原音韻〉》，收入《陸志韋近代漢語音韻論集》，北京：商務印書館，1988 年版，第 1～34 頁。

6. 陸志韋：《記畢拱辰〈韻略匯通〉》，收入《陸志韋近代漢語音韻論集》，北京：商務印書館，1988 年版，第 85～93 頁。

7. 黎新第：《明清時期的南方系官話方言及其語音特點》，《重慶師院學報（哲社版）》1995 年第 4 期，第 81～88 頁。

8. 李新魁：《談幾種兼表南北方音的等韻圖》，《中山大學學報》1980 年第 3 期，第 103～112 頁。

9. 李新魁：《論近代漢語共同語的標準音》，《語文研究》1980 年第 1 期，第 44～52 頁。

10. 劉璐莎：《遷居縣城的曲堤人的單字調聲學實驗研究》，收入《第九屆中國語音學學術會議論文集》，2010 年，第 54～57 頁。

11. 劉祥柏：《方以智〈切韻聲原〉與桐城方音》，《中國語文》2005 年第 1 期，第 65～74 頁。

12. 錢曾怡、高文達、張志靜：《山東方言的分區》，《方言》1985 年第 4 期，第 243～256 頁。

13. 邵榮芬：《〈中原音韻〉音系的幾個問題》，收入《中原音韻新論》，北京：北京大學出版社，1989 年版，第 156～166 頁。

14. 孫志波：《清代山東方言韻書述要》，《漢字文化》2015 年第 1 期，第 26～29 頁。

15. 唐作藩：《中原音韻的開合口》，收入《中原音韻新論》，北京：北京大學出版社，1989 年版，第 167～179 頁。

16. 汪家熔：《我國近代第一個詞書專業機構——中國大辭典編纂處》，《出版科學》2008 年第 2 期，第 79～84 頁。

17. 楊耐思：《論元代漢語的開、合口》，收入《近代漢語音論》（增補本），北京：商務印書館，2012 年版，第 190～194 頁。

18. 楊耐思：《近代漢語-m 的轉化》，收入《近代漢語音論》（增補本），北京：商務印書館，2012 年版，第 50～61 頁。

19. 楊耐思：《八思巴字研究》，收入照那斯圖主編，《八思巴字和蒙古語文獻Ⅰ·研究文集》，東京：東京外國語大學，平成二年（1990）版，第 41～58 頁。

20. 鹽田憲幸：《清代後期の官話音》，收入高田時雄主編，《中國語史の資料と方法》，京都：京都大學人文科學研究所，平成六年（1994）版，第 392～407 頁。

21. 張衛東：《威妥瑪氏〈語言自邇集〉所記的北京音系》，《北京大學學報（人文社會科學版）》1998 年第 4 期，第 135～143 頁。

22. 張燕芬、張春華：《山東濟陽方言音系及其內部差異》，《現代語文》2022 年第 3 期，第 11～15 頁。

23. 張玉來：《論近代漢語官話韻書音系的複雜性》，《山東師大學報》1998 年第 1 期，第 90～94 頁。

24. 張玉來：《近代漢語官話韻書音系複雜性成因分析》，《山東師大學報》1999 年第 1 期，第 77～80 頁。

四、學位論文

1. 于苗苗：《〈七音譜〉研究》，山東大學碩士學位論文，2014 年。

2. 于融：《明清山東方音研究——以聲母為例》，吉林大學博士學位論文，2018 年。

3. 張金發：《清末民國四種國語語音教材及拼音方案比較研究》，福建師範大學博士學位論文，2013 年。

4. 鄒新：《〈韻略新抄便覽〉音系研究》，山東大學博士學位論文，2009 年。

附錄 《張氏音括》音節表

一、本音節表依照《張氏音括》的「五聲譜」北音部分整理。

二、各韻排列順序依照「三十四音開合對音表」確定,每表內按照開、齊、合、撮的現代四呼順序排列。

三、《張氏音括》的見系細音字、見系開口二等字已經齶化。為與《張氏音括》體例保持一致,音節表中將 k-、tɕ-兩類聲母均置於「見溪疑」格子中,其實際音值可由拼合韻母予以推定。

四、《張氏音括》除舌面元音外,另設有舌尖元音「貲音」和「而音」。為節約空間計,不為這兩韻單獨列表,僅將例字羅列於此:

而音:日母陽平「而」、上聲「耳」、去聲「二」。

貲音:精母陰平「資」;清母陰平「雌」、陽平「慈」;心母陰平「思」、陽平「詞」;照母陰平「支」;穿母陰平「鴟」、陽平「池」;審母陰平「詩」、陽平「時」。

1. 祇飢孤居

	祇 ei				飢 ɿ				孤 u				居 y			
	陰	陽	上	去	陰	陽	上	去	陰	陽	上	去	陰	陽	上	去
見 k / tɕ					飢				孤				居			
溪 kʰ / tɕʰ					欺	其			枯				胠	渠		
疑 ŋ						疑	蟻	剴		吾	五	誤		魚		
端 t						低			都							
透 tʰ						梯	提		玞	途						
泥 n						泥	禰	泥	奴	駑	怒		柳		女	女
幫 p	陂					豍			逋							
滂 pʰ			被			砒	鼙		鋪	蒲						
明 m		糜	美			迷	米	謎	模		姥	暮				
精 ts						齎			租						苴	
清 tsʰ						妻	齊		麤	徂			疽			
心 s						西			蘇				胥	徐		
照 tʂ									朱				諸			
穿 tʂʰ									樞	雛	柱	住	初	鋤		
審 ʂ									輸	殊			書	蜍		
影 ∅						伊	移		烏	無	武	務	於	於	語	御
曉 x / ɕ						僖	兮		呼	胡			虛			
敷 f									敷	扶	父	附				
來 l						釐	裏	吏	盧	魯	路		閭	呂	慮	
日 ʐ														如	汝	茹

2. 歌結鍋訣

	歌 ə				結 iə				鍋 uə				訣 yə			
	陰	陽	上	去	陰	陽	上	去	陰	陽	上	去	陰	陽	上	去
見 k / tɕ	歌								鍋							
溪 kʰ / tɕʰ	珂					茄			科				舵	瘸		
疑 ŋ		俄	我	餓						訛	扼	臥				
端 t	多				爹				聯							
透 tʰ	他	駝	柁	大					託	佗						
泥 n		那	娜	奈		膣			捼		娞	愞				
幫 p	波															
滂 pʰ	坡	婆														
明 m		摩	麼	磨	哶		乜									
精 ts	齜				嗟				侳							
清 tsʰ	蹉	醝	齹		脞	查			莝	矬	坐	座	朘			
心 s	娑				些	邪			莎						靴	
照 tʂ	遮															
穿 tʂʰ	車															
審 ʂ	奢	闍	社	射												
影 Ø	阿					爺	野	夜	窩							
曉 x / ɕ	訶	何	荷	賀						和	禍					
敷 f																
來 l		羅	摞	邏						螺	裸	臝		臠		
日 ʐ																

3. 傀

	陰	陽	上	去	陰	陽	上	去	傀 uci 陰	陽	上	去	陰	陽	上	去
見 k / tɕ									傀							
溪 kʰ / tɕʰ									恢							
疑 ŋ										嵬	隗	外				
端 t									堆							
透 tʰ									推	頹						
泥 n										㼉	錗	內				
幫 p									杯							
滂 pʰ									胚	裴						
明 m										枚	每	昧				
精 ts									峻							
清 tsʰ									崔	摧						
心 s									㒟							
照 tʂ									追							
穿 tʂʰ									吹	鎚						
審 ʂ										誰						
影 Ǿ									威	微	尾	未				
曉 x / ç									灰	回						
敷 f									霏	肥	蜚	吠				
來 l										羸	壘	累				
日 ʐ										蕤	蘂	枘				

4. 鉤鳩

	鉤 əu				鳩 iəu											
	陰	陽	上	去	陰	陽	上	去	陰	陽	上	去	陰	陽	上	去
見 k / tɕ	鉤				鳩											
溪 kʰ / tɕʰ	彄				邱	求										
疑 ŋ		齵	藕	偶		牛		鼥								
端 t	兜				丟											
透 tʰ	偷	頭														
泥 n		羺	穀	耨												
幫 p					彪											
滂 pʰ		裒		掊	滮											
明 m		謀	母	茂		繆		謬								
精 ts	緅				揫											
清 tsʰ	謅	劋	鯫		秋	酋	湫	就								
心 s	涑				修	茵										
照 tʂ	鄒															
穿 tʂʰ	篘	愁	穀	驟												
審 ʂ	搜															
影 Ø	謳				憂	尤	有	又								
曉 x / ɕ	齁	侯		候	休											
敷 f					不	浮										
來 l		樓	樓	陋		留	柳	溜								
日 ʐ						柔	蹂	輮								

5. 庚經公弓

	庚 eŋ				經 iŋ				公 uŋ				弓 yŋ			
	陰	陽	上	去	陰	陽	上	去	陰	陽	上	去	陰	陽	上	去
見 k / tɕ	庚				經				公				弓			
溪 kʰ / tɕʰ	阬				輕		頸		空				穹	窮		
疑 ŋ		娙		硬		凝		凝	峱							顒
端 t	登				丁				東							
透 tʰ	鼟	騰			汀	庭			通	同						
泥 n		能	能			寧	顎	寧	農	儂	齈					
幫 p		崩				並										
滂 pʰ	溯	朋	倗		塀	瓶			蓬	篷						
明 m		甍	猛	懜		名	茗	瞑		蒙	蠓	幪				
精 ts	增				精				嵏				蹤			
清 tsʰ	鄫	層			清	情			蔥	叢			樅	從		
心 s	僧				星	睗			楤				嵩	松		
照 tʂ	蒸												終			
穿 tʂʰ	稱	繩		乘									充	重		
審 ʂ	升	承											春	鰆		
影 Ø	罌				英	盈			翁				雍	容		
曉 x / ç	亨	恒			馨	形		婞	烘	洪	澒	鬨	胸	雄		
敷 f									風	馮	奉	鳳				
來 l		楞	冷	倰		靈	領	令		籠	曨	弄		隆	隴	曨
日 ʐ						仍								戎	冗	韖

6. 根巾昆君

	根 en				巾 in				昆 uən				君 yn			
	陰	陽	上	去	陰	陽	上	去	陰	陽	上	去	陰	陽	上	去
見 k / tɕ	根				巾				昆				君			
溪 kʰ / tɕʰ						勤		近	坤				困	羣		
疑 ŋ		垠		𩜾		銀	聽	䢀		㥽		顐				
端 t									敦							
透 tʰ		吞							㬱	屯	囤	鈍				
泥 n										麐	炳	嫩				
幫 p		奔				賓										
滂 pʰ		噴	盆			繽	頻	牝								
明 m		門	懣	悶		民	泯									
精 ts						津				尊				遵		
清 tsʰ						親	秦			村	存			逡	鷷	
心 s						新				孫				荀	旬	
照 tʂ		臻												諄		
穿 tʂʰ		瀙	榛											春	唇	
審 ʂ		莘													純	
影 Ø	恩		穩		因	寅			溫	文	吻	問	贇	筠		
曉 x / ɕ		痕	很	恨					昏	魂	混	慁	薰			
敷 f									分	汾	憤	分				
來 l						鄰	嶙	吝	論	恖		論		淪	輪	
日 ʐ						人	忍	刃						犉	蝡	閏

7. 迦加瓜

	迦 a				加 ia				瓜 ua							
	陰	陽	上	去	陰	陽	上	去	陰	陽	上	去	陰	陽	上	去
見 k / tɕ	迦				加				瓜							
溪 kʰ / tɕʰ	呿	伽			齣				誇							
疑 ŋ						牙	雅	迓		佤	瓦	瓦				
端 t			大													
透 tʰ																
泥 n																
幫 p		巴														
滂 pʰ	葩	爬	耙													
明 m		麻	馬	禡												
精 ts																
清 tsʰ																
心 s																
照 tʂ	樝								髽							
穿 tʂʰ	叉	槎	槎	乍												
審 ʂ	沙															
影 Ø					鴉				窊							
曉 x / ɕ					煆	遐	下	暇	花	華	踝					
敷 f																
來 l																
日 ʐ																

8. 該皆乖

	該 ai				皆 iɛ				乖 uai							
	陰	陽	上	去	陰	陽	上	去	陰	陽	上	去	陰	陽	上	去
見 k / tɕ	該				皆				乖							
溪 kʰ / tɕʰ	開				揩				咼							
疑 ŋ		皚	顗	艾		崖	騃	睚								
端 t		鼟														
透 tʰ	胎	臺	殆													
泥 n		能	乃	奈												
幫 p																
滂 pʰ	姯	排														
明 m		埋	買	賣												
精 ts	災															
清 tsʰ	猜	才														
心 s	腮															
照 tʂ	齋								箂							
穿 tʂʰ	差	豺							搋							
審 ʂ	崽								衰							
影 ∅	哀				挨				歪							
曉 x / ç	咍	孩			害	諧	駭	邂	犰	懷	壞					
敷 f																
來 l		來	唻	賴						膠						
日 ʐ																

9. 高嬌

	高 ao				嬌 iao											
	陰	陽	上	去	陰	陽	上	去	陰	陽	上	去	陰	陽	上	去
見 k / tɕ	高				嬌											
溪 kʰ / tɕʰ	尻				敲	喬										
疑 ŋ		敖		傲		堯	磽	顤								
端 t	刀				貂											
透 tʰ	饕	陶	道	導	挑	迢										
泥 n		猱	惱	臑			嬲	尿								
幫 p		褒			飆											
滂 pʰ	橐	袍	抱	暴	漂	瓢										
明 m		毛	薐	帽		苗	緲	妙								
精 ts	糟				焦											
清 tsʰ	操	曹			鍫	樵		瞧								
心 s	騷				蕭											
照 tʂ	聮															
穿 tʂʰ	謰	巢														
審 ʂ	稍															
影 Ǿ	鏖				麼	遙										
曉 x / ç	蒿	豪		號	囂											
敷 f																
來 l		勞	老	嫪		聊	了	燎								
日 ʐ						饒	擾	繞								

10. 岡薑光

	岡 aŋ				薑 iaŋ				光 uaŋ							
	陰	陽	上	去	陰	陽	上	去	陰	陽	上	去	陰	陽	上	去
見 k / tɕ	岡				薑				光							
溪 kʰ / tɕʰ	康				羌	強			觥	狂						
疑 ŋ		昂	馴	柳		卬	仰	軮								
端 t	當															
透 tʰ	湯	唐		宕												
泥 n		囊	曩	儾		娘		釀								
幫 p	幫															
滂 pʰ	滂	傍		傍												
明 m		忙	莽	漭												
精 ts	臧				將											
清 tsʰ	倉	藏	奘	藏	槍	墻										
心 s	桑				襄	祥										
照 tʂ	章								莊							
穿 tʂʰ	昌	長							瘡	牀						
審 ʂ	商	常		尚					霜							
影 ʔ	怏				央	陽	養	漾	汪	亡	罔	望				
曉 x / ɕ	炕	杭	沆	吭	香				荒	黃	晃	攩				
敷 f									芳	房		防				
來 l		郎	朗	浪	良		兩	諒								
日 ʐ							壤	讓								

11.干堅官涓

	干 an				堅 ian				官 uan				涓 yan			
	陰	陽	上	去	陰	陽	上	去	陰	陽	上	去	陰	陽	上	去
見 k / tɕ	干				堅				官				涓			
溪 kʰ / tɕʰ	看				牽				寬				卷	權		
疑 ŋ		嘗		岸	妍	齞		硯	屼			玩	元		阮	願
端 t	單				顛				端							
透 tʰ	灘	壇			天	田			湍	團						
泥 n		難	戁	難	年		撚	晛		渜	暖	偄				
幫 p	般				鞭											
滂 pʰ	潘	盤	伴	叛	偏	便		辯								
明 m		瞞	滿	縵	眠	緜		面								
精 ts						箋			鑽				鐫			
清 tsʰ	餐	殘	瓚		千	前			攛	欑			詮	全		
心 s	珊				先	涎			酸				宣	旋		
照 tʂ									跧				專			
穿 tʂʰ	獑	潺								狗			穿	遄		
審 ʂ	山								栓	船		腨				
影 Ǿ	安				煙	延			剜	樠	晚	萬	淵	員		
曉 x / ç	頇	寒	旱	翰	祆	賢		見	歡	凡	緩	換	銷	玄		
敷 f									翻	煩	飯	飯				
來 l		蘭	嬾	爛	連		輦	練	鑾		卵	亂	攣	孌		
日 ʐ						然		蹨					堧	輭		瓀

後　記

　　此書是在本人同名碩士論文（山東大學漢語言文字學專業，2020年）基礎上完善而成。此次修改完善的主要內容有：第一，在「緒論」的綜述部分增添了2020年以來的研究論著，並在正文的論述中參考了部分新出論著，以期展現近年來與《張氏音括》、山東方言韻書有關的研究進展。第二，將近幾年新發現的、與《張氏音括》研究關係密切的數種新材料，如 Alfred Forke 所著 *A comparative study of Northern Chinese dialects*、徐桂馨《切韻指南》等納入討論視野，作為構擬《張氏音括》語音系統、探討其音系性質的重要參考，力求使本研究得出的結論更可靠。第三，修正原稿中的疏誤，改寫含混不清或扞格難通之處，以便閱讀。

　　碩士論文的寫作，首先要感謝導師張樹錚先生。永遠難忘本科二年級時的音韻學課上與先生初見的場景，從那時起，先生就對我關懷備至、勗勉有加，引領我走上學習、研究漢語音韻學、中國古代語言學文獻的道路。提交的每篇小論文，先生都仔細審閱，往往是讓我站在身旁，邊修改邊講解文中疏誤的根源與修改方式，詳細傳授布局謀篇、遣詞造句的心法。學位論文初稿提交之後，先生逐字逐句審閱數遍，正我訛誤、匡我不逮，就連標點訛誤、字體失當之處都用 Word 修訂模式修改，以使我加深印象，在之後的論文寫作中特別注意、減少疏誤。在先生的悉心教導下，我以內審、外審、答辯全優的成績通過碩士

論文答辯。蒙先生不棄，得以繼續追隨先生攻讀博士學位，在耳濡目染間學習讀書治學、為人處世的方法，幸何如哉！這些年來，無論是讀書求索，還是為人處世，先生都悉心指導、勸誠淵雅，為我未來的生活、工作提供了永遠值得追隨的燈塔與高標。藉此機會，謹向恩師表達最誠摯的謝意！

我於 2023 年 6 月獲得博士學位，旋即進入山東大學儒學高等研究院歷史學一級學科博士後流動站，師從劉心明教授，從事歷史文獻學博士後研究。本科旁聽「文字學」課程時，就已領略劉老師博學廣才、幽默風趣的人格魅力，進站後愈發體會到他的純良心地，和對學生的尊重與包容。劉老師充分考慮我的教育背景、知識結構、研究興趣、未來發展方向，精心制訂博士後科研計劃，為我的研究工作提供了極大的自由度。感謝劉老師在研究工作、日常生活的諸多關照！

這部小書有機會付梓，要特別感謝山東大學文學院劉祖國老師的關心與幫助。從我最初對語言學產生興趣開始，劉老師就十分關注我的學習、成長，為我推薦閱讀書目、利用空閒時間與我交流，當我遇到學業困阻亦或是生活煩惱時，也往往第一時間向謙和厚道的劉老師傾訴。我入站後面臨嚴峻的考核壓力，劉老師向花木蘭文化事業有限公司的楊嘉樂先生推薦這部書稿。蒙審稿專家提攜後學，此書得以出版。

感謝山東大學文學院漢語言文字學研究所的各位老師。老師們傳道授業、誨人不倦，十分重視發現、鼓勵、培養對語言學專業具有興趣的本科生，包括我在內的諸多同學，都得到老師們的關注與提攜。我將永遠記得王新華老師大病初愈趕來學校指導我修改論文的場景，岳立靜老師在外出調查或參加學術會議時總是叮囑身體瘦削的我多吃飯的話語，王輝老師偶而迸出的冷幽默，張燕芬老師手把手教我聽音記音、整理音系的辛勞。從中國語言文學專業的本科新生，成長為獨自踏上探索之旅的博士畢業生，老師們以深厚的學養、開闊的視野、博大的胸襟、誨人不倦的精神，幫助我逐步完善知識結構、鍛鍊思維能力、豐富人生經驗。

感謝家人、朋友的支持與鼓勵，感謝愛貓小瓜子的陪伴。

拙著受中國博士後科學基金第 74 批面上項目（項目編號：2023M742102）、山東大學特別資助類博士後科研經費資助。

這篇青澀稚嫩的初學之作還很不成熟，懇請各位專家學友不吝批評指正，謹致謝忱！

姜復寧

2024 年 1 月 15 日

於山東大學中心校區